明
室
Lucida

照亮阅读的人

SEVEN KINDS OF PEOPLE
YOU FIND IN BOOKSHOPS

书店里的七种人

[英]肖恩·白塞尔 著

姚瑶 译

SHAUN BYTHELL

目 录

楔 子 [001]

1　属：Peritus（专家）[009]

2　属：Familia Juvenis（年轻家庭）[039]

3　属：Homo qui maleficas amat（玄学术士）[059]

4　属：Homo qui desidet（游手好闲之人）[083]

5　属：Senex cum barba（留胡子的退休老人）[109]

6　属：Viator non tacitus（不那么沉默的旅人）[133]

7　属：Parentum historiae studiosus（家族历史学家）[151]

额外附赠 [161]

8　属：Operarii（员工）[165]

增　补　属：Cliens perfectus（完美顾客）[185]

楔 子

在给《古书：一个圈内人的报告》（大卫 & 查尔斯出版社，1978）一书所作的序言中，罗伊·哈利·刘易斯[*]写道，"从资金上讲，古书在世界贸易中所扮演的角色极为微不足道。"那根本就是在吹牛皮。若是你把"古书"这个

---

[*] Roy Harley Lewis，英国作家、书商，出版有《古书：一个圈内人的报告》(Antiquarian Books: An Insider's Account) 以及《图书浏览者指南》(The Book Browser's Guide) 等作品。他与妻子还经营着一项名为"寻书者"的特殊业务，专门为顾客寻找绝版书和珍品书。——若无特殊说明，本书注释皆为译者注。

词换成"二手书",那么它对全球经济的资金影响就从"极为微不足道"变成了"简直卑不足道"。2001年我买下一间书店,一脚踏进了那个世界,那时距离亚马逊开始在网上售卖降价书籍只过了四年。如今,我梦想着自己的事业能够在全球经济中尽可能地多赚钱,哪怕只是"简直卑不足道"的那一点点钱。为了进一步突显我惊人的商业头脑,我现在出了这样一本书,它极不友好地将我的顾客归为一个个大类,毋庸置疑,这必然会冒犯我的每一位衣食父母。这本书必将决定我的财务命运。

罗伊·哈利·刘易斯在序言中推断:

或许有人要问,书商为何就理应比鞋商更有趣呢?然而,鲜有其他职业能提供如此丰沛的满足感，或者出现像古书交易中的种种需求，它要求交易者在不同时刻扮演侦探、学者、经纪人、心理学家以及算命先生之类的角色——完全不同于传统买家与卖家。

或许他言之有理。抑或是我们这些人特别不善于应对日常生活的精神重压，于是莫名地就朝古书交易这样的事业靠拢，由此才能逃离"传统买家与卖家"的角色。然而，这本书并不是要讲述我们，不是要讲述选择努力卖书来经营卑微人生的痛苦而不幸的极少数人。这本书讲的是我们的顾客：我们被迫与那些可怜的生命日日交流，而我——写下这些是在新冠封城期间——像想念杳无音信的旧友一样想念他们。无论是迷人而有趣的人,还是粗鲁或无礼之徒,每个人我都无比想念。没有他们,我的确颗粒无收,但除此之外,我极度震惊地发现,我怀念与人交流。昨天,有个男人打电话到店里,要买我的第二本书《书店四季》(*Confessions of a Bookseller*)。含邮费一共十八英镑。就在我记下他的信用卡资料时,他说:"麻烦再多扣十英镑。"我问他为何如此,他回答,"因为我知道,这段时间对你们的生意来说有多艰难,我希望,等一切都过去的时候,你还在那里,这样我就可以再去你的书店了。"

其他人也同样友善。最近我收到了一张支票,来自某个素未谋面的人,她说她看了《时代周刊》上的一篇文章,由玛格丽特·阿特伍德所写。在文中她鼓励人们在这段艰难时光中支援小本生意。这位顾客什么也不买，只是要我把支票兑现。来自陌生人的善意总是比目标明确的心窝一拳能让你更快跪倒在地，狼狈不堪。我因此想念我的顾客们。尽管他们当中有很多人我都不喜欢，但在他们迂腐的外表下，跳动着充满善意的人类之心。

书名里的"书店"一词真的只是指我自己的书店。我无意借此发泄自己的怨气，还声称要为其他从业者的利益发声，从而败坏他人名誉。毫无疑问，有些书商更为慷慨大度，他们为客人所描画的肖像肯定比下文所列的要更加热心善良。然而，过去二十年来，我痛苦地服务于这个行业，在我的经验之中没有什么热心善良，而且我也不知道有哪个书商慷慨大度——至少，是对顾客慷慨大度。

我也必须为自己持久不变的刻板印象而致歉,因为在现实生活中,人们有着更多细致入微的差别,并且拥有无穷无尽、千差万别的微妙特质。一概而论有违公允,但,生活不就是这样嘛。就别抱怨了。

为了方便行事,也为了进一步突显冒犯之意,我试图采纳一种生物分类法上的林奈系统[*]。如今书已经写完了,我意识到,其实这么分也没起到什么作用。

---

[*] 现代生物分类法源于林奈的系统,创立者是卡尔·冯·林奈,瑞典生物学家,创立了动植物双名命名法。他首先提出界、门、纲、目、属、种的物种分类法,沿用至今。

1

属：Peritus[*]

（专家）

* 拉丁语，意为专家。在生物分类法中，物种学名都是以拉丁名为命名标准，因此作者在此有意使用拉丁语。下同。

如果你的拉丁语和我一样糟糕,那么你猜测这个词是指阴间某个讨人厌的地方完全情有可原。但它并非此意。它的意思是"专家"。

总的来说,这类顾客自诩专家,他们往往没有固定的听众来展现他或她的聪明才智。他们与大多数大学教师或公认的行业评论员不同,后者给出的观点通常都基于事实,且博学多闻,有学生和读者等着聆听他们的讲话内容。而接下来要讲的专家呢,绝大多数自学成才,他们可没有那样如饥似渴的听众。但一如往常，万事必有例外，在这类人里可以数出一些最最体贴的顾客，我能遇到他们真是三生有幸。而剩下的，真是让人讨厌得泪流满面。

专家们最热衷的莫过于使用超级复杂的词汇，明明短小精干的语言就已足够。集邮变成了"邮票研究"（philately），观鸟变成了"鸟类学"（ornithology），对昆虫的病态痴迷变成了"昆虫学"（entomology）。这就像是他们外出就餐，吃下威尔·塞尔夫[*]作为主菜，然后咽下乔纳森·米德斯[†]和斯蒂芬·弗莱[‡]作为甜品。不同之处是，塞尔夫、米德斯和弗莱全都已经吞下、

---

[*] Will Self，英国小说家、专栏作者。
[†] Jonathan Meades，英国作家、演员。
[‡] Stephen Fry，英国影视演员、作家、导演。

消化并搞懂了整本《牛津词典》，并准确地知道如何在恰当场合使用正确词汇，让自己的散文文辞清晰。而专家们呢，则痛不欲生地让不情不愿的听众陷入混乱，别无任何惊艳之处。他们所知甚少，顶多五个高深词汇，却大用特用，说什么都用。结果呢，唯一的作用就是一举刮破他们智力优越感的浮面虚饰。但是——我的药剂师朋友克罗达会这样说——长单词迷恋症*并非是嘲笑他人的理由，你不能因为有些人不知道化学品聚乙烯吡咯烷酮是大多数处方药片中所含有的一种结合剂就去嘲笑他们。

---

* 原文为 hippopotomonstrosesquipedalianism，是一个由三十三个字母组成的超长单词，其意为对长单词使用的迷恋。其词源为"sesquipedalian"，意指那些喜欢使用长单词去迷惑他人的人。

威廉·福克纳和欧内斯特·海明威就语言的使用有过赫赫有名的争论,福克纳讥讽说"谁也没听说过海明威用过一个需要让读者去词典里查一查的词"。对此,海明威的回应则是"平庸的福克纳。他真的以为崇高的感情来自复杂词汇吗?我和他一样了解那些艰深词汇,但我更喜欢那些古老、朴素的单词们"。就海明威对"们"的用法,我在学校里的英文老师恐怕会高度赞同福克纳,他肯定会争执说,"单词"后面不应该加"们",只能说"几个单词",或者"很多单词"。同样,在对待"alternative"这个单词时,他也相当迂腐。他坚持这个单词的词根来源于拉丁语"alter",指的是两者之一,所以不能有复数形式。因此在课堂上提出有两个甚至更多的"alternative"时,总是我们巨大的快乐源泉。

类型一

种：doctus（专家）

这类人踏进书店没有别的理由，只是为了长篇大论地给你上课，告诉你他们的专业兴趣是什么。若你对这一领域一无所知，那么他们就能得到独特的快感——因为你几乎肯定是不了解的。大部分经营专业类书籍的书商都通过多年的积累，获得了丰富的知识，这悉数反映在了他们的藏书上。可是，若你经营一家大众书店（像我这样），就不可能无所不知。尽管如此，对那些将自己成年后的人生都奉献给了研究西伯利亚树栖蜗牛繁殖习惯的人,你坦白这点试试。当你透露出,不,你不曾听说过米哈尔·霍萨克在这一课题上影响深远的研究——《古生态重建中的软体动物群落:利用传递函数模型对其预测能力进行研究》——时,他们定会以一副傲慢的神情讥讽你,流露出不加掩饰的喜悦与轻蔑(两者程度相当)。虽然这些人会从你对其专业领域的无知中获得快乐,但他们无法真正理解为什么你——或者其他人——不想花二十年时间蜗居在鄂木斯克五十英里外树林的帐篷里,带着一本笔记本和一架检测蜗牛粪便的显微镜,除了与这一科目相关的晦涩学术论文以外,什么都不读。

在这类人中,极少数更擅长社交的成员则意识到,其他人或许无法分享他们难以理解的兴趣。于是，这一小撮人从另一件事情上获得了替代的快感，那就是他们对生态位*的迷恋。这项爱好多少有些与众不同，而这让他们误以为自己看上去更有趣了。我们曾经有位常客，总能成功地吓人一跳。他悄无声息地进到店里来，突然出现在柜台旁，爽朗地同我们打招呼以宣布自己的存在，"你好啊！我这人有点古怪，我，我超爱阅读有关不同结石之间区别的书。"但叫人痛苦的赤裸真相是，事实上，他对不同结石之间的任何区别都没兴趣，只是因为自己太过乏善可陈，因此觉得告诉别人有这样的兴趣爱好就能够拓宽自己的人设。然而并没有。不言而喻，任何自称"有点古怪"的人，

---

* 一个物种所处的环境以及其本身生活习性的总称。每个物种都有自己独特的生态位，借以跟其他物种做出区别。

显然都不怎么古怪。

类型二

种:homo odiosus(讨厌的人)

这类人总觉得自己是个博学家,一旦你注意到他们的癖好,就会发现,在任何你选择提及或偶然提及的话题上,他们都要积极同你分享自己的想法。他们在场时你最好保持绝对沉默,因为就连最微不足道的小事也能触发其慷慨激昂的长篇大论,讲的还是你最反感的话题。不过,你往往很难发现客人们竟然属于这一分类范畴,直到一切为时晚矣。他们毫不避讳地去听别的客人谈话,然后用自己的观点横加打断(通常充满攻击性)。在诸多场合，我都不得不同无辜的旁观者道歉。他们原本只是在小声交流，结果却遭到陌生人的一通咆哮，这个陌生人恰好能听到他们说话，未经允许便擅自开口（很有可能还是个种族主义者）。

在这类人中我们有一位杰出的代表，接下来的几段记述了我朋友某天来店帮忙的经历，这些经历可以充分说明不知如何与这类人打交道的危险。

一个夏天的星期六早上，天气温暖，我的朋友罗宾十一点钟出现在店里，在书店靠前的柜台后面驻扎了下来。我当时正在店里四处转悠，假装工作。一如往常，书店的日常生活就是你来我往，数小时之后，附近著名的讨厌鬼阿尔弗雷德*拿着三本书去了柜台。他带着一种平静的、沾沾自喜的神情,将书重重地放在了木质台面上,眼睛则死死盯着罗宾,仿佛是在提前宣布这些书"很重要,因为正是它们造成了目前这种情况"。

在被阿尔弗雷德折磨了二十多年后,我深知,面对他可能抛出的一切引导性言论,唯一安全的回应就是沉默。不幸的是,我还没有机会教导罗宾如何应对这类情况。除了在阿尔弗雷德背后手忙脚乱地朝他打信号、让他别吭声外,我什么也做不了。好在老天保佑,阿尔弗

---

* 不知怎么搞的,他相信自己是阿尔弗雷德大帝的后代,而我则倒霉透顶地在这么多年里,不得不面对他那极度不靠谱而且坦白说也是极度无法理解的家族史研究。——原书注

雷德问能否把书先放在柜台上,他要去银行的ATM机上取点现金。

等他走远到听不见我们说话时,我马上提醒罗宾,阿尔弗雷德明显就是等着我们当中有人开口向他提问,所以千万别问问题,以免承受那没完没了又自以为是的演讲。他要说的就那点东西。"等他回来付钱的时候,千万别说任何可能被他误解的话,让他以为你对他不吐不快的那些事儿感兴趣。"这是跟罗宾分开前我叮嘱他的话,随后我就上楼去煮茶了。坦白说,我的话毫无说服力,我也不幻想自己做的这些事真能产生什么作用。

二十分钟后,我人在厨房里,此时疲于应战的罗宾出现了。他解释说,我刚离开,阿尔弗雷德就回来了,但是没能从ATM机取到现金，因此——避免提及任何可能让其误会罗宾对他或他的书感兴趣的话——罗宾建议他使用免接触式银行卡付款。"结果这打开了他的话匣子。接下来的十五分钟内，我不得不听上一段有关网络安全的长篇大论，内容偏执多疑。我真心觉得他永远也说不完。"

我尚未发现阿尔弗雷德对哪个话题没有令人不快的深刻见解，也没发现阿尔弗雷德对哪个外国人不曾怀有毫无道理的恐惧。而意料之中的是，对自己这种毫无理由的仇外情绪，他的解决方式是希望国家重拳出击，其手段通常包括驱逐出境或监禁。而所谓的罪行呢，不过就是他们无法共享他的观点。

类型三

种：homo utilis（有用之人）

并非所有专家都惹人厌烦，当然了，除非你是迈克尔·戈夫[*]。有时候，专家能够派上大用场。一月的时候，我接到了一位住在邓弗里斯的女士的电话，她一直在清理自己的藏书，急需卖掉一些。那是个寒冷阴沉的下午，当我来到她位于足球场附近的独栋平房时，发现一箱箱的书堆得到处都是。这些藏书趣味十足且种类繁多，其中包括了上百本她丈夫收集的板球类的书；而她自己则收集毕翠克丝·波特[†]、

---

[*] Michael Gove，英国保守党政治家，历任英国教育大臣、环境大臣。
[†] Beatrix Potter，英国著名儿童作家。她在英国乃至世界卡通史上，创造了一个著名的形象——彼得兔。

"观察者书系"*和"瓢虫书系"之类的书籍。这些对我来说都是书店里的优质库存。在翻检这些藏书的过程中,我拿起一本不太吸引人的平装书,是帕特丽夏·温沃斯†的《荒凉之路》,就在此时她评论道:"哦,那真是本有意思的书,特别罕见,而且价值连城。"我看着这本书,封面是一张照片,拍的是一盒巧克力上放着一根针管。我是绝不会说这本书罕见或者价值连城的,然而她解释道:"桑顿的人,也就是巧克力公司的人,反对这一封面,因为他们

---

* Observer's Books,由弗雷德里克·沃恩公司于1937年至2003年间在英国出版的一系列袖珍书系,其书籍主题多样,包含艺术、历史、野外生活等等,现已成为一些书籍收藏家寻找收集的品类。
† Patricia Wentworth,英国著名侦探小说作家,著有《海滩奇案》《悬崖上的小旅馆》等作品。

认为，将他们的产品与注满毒药的针管联系在一起可能会损害其品牌形象。所以这个封面就撤回了，化成了纸浆，然后他们又设计了另一版封面。"这类信息对一个（偶尔）需要说服人们相信自己不是在胡扯的书商来说，珍贵无比。

我有——或者说直到不久前还有一位常客，名叫哈米什。在我还差几周写完这本书的时候，他去世了。他是个息影的演员，非常痴迷于军事历史。同他聊天是件赏心乐事，他肚子里从来都不缺好故事。他对二战课题很感兴趣，对这一领域的了解程度丝毫不亚于任何专业科研人员，却从不厌倦，也从不自以为是地高谈阔论。

在我们短暂的谈话当中，他会简明扼要地掺入一些极其迷人的内容，都是精心打磨过的，并且总是让我意犹未尽、想去了解更多。我会格外想念他。

类型四

种：homo qui libros antiquos colligit（古书收集者）

古书收集者是一类截然不同的人群，他们对书的兴趣往往在于将书作为一个物件，而不是其中承载的内容，尽管情况也并非完全如此；许多对古书感兴趣的人都是用它们来进行学术或者家族史的研究。如何从自己的专攻领域之中甄别出特殊版本，对此古书收集者始终拥有百科全书般丰富的知识，深谙其道。比方说，罗伯特·彭斯[*]著作的早期版本，尤其是《苏格兰方言诗集》。搜集这本书的人会翻遍书店的书架，寻觅极难找到的基尔马诺克版，那是由基尔马诺克人约翰·威尔森于 1786 年出版的版本。他们知道在六百一十二本的预订版中，只有八十四本留存了下来。而且这一版本很好辨认，因为彭斯将这本诗集献给了加文·汉密尔顿[†]。他们也完全了解本书的二版二刷（1787 年的爱丁堡版，献给"苏格兰皇家狩猎部的贵族与绅士"——彭斯是个收税人员，很清楚怎么做才对自己有利）中多收录了十七首诗歌，

---

* Robert Burns，苏格兰著名诗人，主要用苏格兰语写作。其诗歌受民歌影响，通俗流畅且便于吟唱，在民间广为流传，被认为是苏格兰的民族诗人。
† Gavin Hamilton，苏格兰新古典主义历史画家。

《颂献哈吉斯》里还有一处印刷错误。这首诗里的苏格兰语单词"skinking"（意思是"水汪汪"）被错误地排成了"stinking"。这一错误在伦敦版里延续了下来（也是1787年出版），这些版本成了后来著名的"stinking版"。这种神秘的知识似乎有些强迫症意味，但那是因为对某个课题相当狂热的人往往都会有强迫症的特质。

专家属中的古书收集亚群的另一个特质便是不可避免地对价格报以不满的啧啧声。没错，那可能是十二卷一套的限量签名版《尼伯龙根的指环》，由亚瑟·拉克姆*绘制插图，标价六百英镑。我可以向你打包票，那些羡慕地摩

---

* Arthur Rackham，英国著名插画艺术家。

擎它的顾客绝对会不满地摇摇头，告诉你说他们在别处看到过这套书，要价要便宜得多。但若果真如此，那他们还如此贪婪地盯着你的书未免也太奇葩了。啧啧地告诉书商你见过更便宜的版本，这样是不太可能获得折扣的。我们都很清楚有时买书会多花冤枉钱，或者某些书的价格会有所下降，但是绝大多数人都不太可能因为一个陌生人抱怨说看到其他书店卖得更便宜，就给一本书降价而自己承担损失。

我有位买古书的常客，尽管他到柜台来的时候，账单常常达到三位数，但他总是能做到在离开书店的那一刻，让你感觉仿佛被打劫了一般。他已经退休，显然家境富裕，对稀有图书抱有兼容并蓄的兴趣。上一次他来店里的那天早上，我刚从一位极其有趣的老人那里买来一堆藏书。老人一家显然已经两只脚都踩在了更高的社会阶层上。这些书曾舒舒服服地躺在一个豪门的书架上，书上有你在收藏古书时总盼望见到的图书馆馆戳；纹章历史悠久，纸张间弥留着用人添火时的木头味儿。但是，显而易见，这个家庭后来家道中落，房子也没有了。我怀疑这是藏书室里最后的零头了，它们被装在超市的面包箱里带过来。我无法确切记清付了他多少钱，不过我留下了他的联系方式，因为还有些书我当时没空进行检查和评估，如果最终定价过低，我希望能补偿他。我估摸着其中应该有一套马洛礼*两卷

---

* Thomas Malory，英国作家，出生于优渥的英格兰士绅家庭，其代表作《亚瑟王之死》收录了亚瑟王圆桌骑士们的传奇故事，被认为是英语文学史上的划时代之作。

本的《亚瑟王之死》，由奥布里·比亚兹莱[*]插图并题刻。那个古书收藏家来到店里，仔细翻检了我刚收来的货物，最终，一不小心发现了比亚兹莱的那套书。他问我要价多少，在根本还没机会做详细研究的情况下，我告诉他八百英镑，结果他（出乎意料地）开心地付了钱。几个月后，在卡莱尔图书节上我偶然遇见了他，他得意扬扬地告诉我，在伦敦拍卖会上，他将那套书卖出了一万九千英镑的高价。

作为一个书商，我感到，要公平公正地对待卖书给我的人是自己的职责所在。我觉得被骗，不是为了我自己，而是为了卖书给我的那

---

[*] Aubrey Beardsley，19世纪末最伟大的英国插画艺术家之一。

位老先生。如果同样是由我来销售这些书,并且也卖了一万九千英镑,为了让自己心安,我一定会给他写张支票,把大部分收入都归他所有。没错,买家当心,卖家小心;我们都爱便宜货,但在这类事情上,钱并非全部。没人会乐意觉得自己上当了。这位古书收藏家很清楚我没有机会发现这套书的更高价值。如果他愿意同卖书给我的那个人分享这一万九千英镑,但把我踢出局,那我简直能高兴死。

尽管有这样的遭遇,但古书收藏家似乎是个濒危物种,这一现实还是令我感到难过。"濒危物种"这个词可以用来形容绝大多数藏书人。他们出现在我面前的数量一年少似一年。知识不再仅是书籍贮藏的内容,严格说来,书籍或许不再像曾经那样作为知识的源头而那么珍贵了。我父母的朋友布赖恩收集杰弗里·法诺尔的书，由于这个作家实在是太过时了，所以几年前我就不再收购他的书。我已经在诸多场合告诉过布赖恩这件事，可他完全不放在心上。只要他人在苏格兰，就一定会到店里来，问我有没有新收来的法诺尔的书。他有张清单，写在一个破破烂烂的笔记本里，并且他总是带着一股我始终无法拥有的乐观激情破门而入。我这儿从来没有他在找的东西，主要原因是我已经将所有法诺尔的书都送去废品回收了。想到这会导致将来的某一天布赖恩最终不再到店里来，我感到有些心痛。我怀疑，直到我最后一次关上书店的门，是否还会有人再向我问起杰弗里·法诺尔的作品，除非他能享受到始料未及的翻红，就像温斯顿·格雷汉姆的《波达克》

系列小说那样。在BBC拍摄了这个系列之后,演员艾丹·特纳在每一集里都要脱好几次上衣,也因此让这个系列出了名。

类型五

种:mechanicus in domo sua

(家庭机械师)

这些顾客是绝对的快乐源泉。通常,他们都是为路虎寻找《海恩斯手册》*。如果你没有的话,他们也从不失望;但若你恰好有一本,

---

* 由英国海恩斯出版集团推出的一系列实用手册,内容主要聚焦于汽车保养与维修方面。其涵盖的车型和品牌非常之多,被称为"传奇维修手册",在世界各地销售了两亿多本。

那他们则会喜出望外。除了与汽车相关的书籍外，他们什么书也不看。可是，谁又在乎呢？他们就读他们想读的东西，像每个人一样，没有一丁点儿在文学上的自命不凡。我喜欢并且尊敬他们。他们激情满满、令人愉快，值得最高的赞赏。他们会津津有味地吞下自己的文学猎物，比在牛津大学研究乔叟早期手稿的教授找到一本早期的卡克斯顿*版古书还要热忱。这种快乐是他们应得的。他们渴望信息，无论这信息是1947年的萨福克矮脚马牌割草机的火花塞直径大小，还是1976年的福特科蒂纳

---

* 指威廉·卡克斯顿（William Caxton），英国第一个印刷商，出版的第一本书是乔叟的《坎特伯雷故事集》，后来又出版了关于骑士罗曼史、英国史、罗马史等诸多方面的书籍。

齿轮箱规格，都无所谓。活字印刷本该为这样的人发明出来才对——为这些使用书面文字真真正正做实事的人，而非那些装模做样的人。那些人搞得好像活字印刷之所以存在，要么是为了推动他们特定的宗教偏见，要么是为了印证他们对水占卜或梦境解析这类伪智慧的信仰；抑或是为了使其自我催眠自己在斯劳*的小屋位于六条地脉†的交汇处，因此应当具有国家级名胜的地位。但事实上，它真正的归属，应该是在一群推土机的轮下。

家庭机械师总是紧张兮兮地走进书店，常

---

* 伦敦以西的一个城镇。
† 地脉（Ley Line）指的是两个地点或建筑间的一条假想直线，地脉学说的信徒认为古代社会的建筑是按照这些直线进行排列建立的，并认为这些直线有着神秘的力量。现代科学和考古学已经将地脉学说视为伪科学。

常穿着油腻腻的工装裤。当你告诉他们,你确实收有老旧的《海恩斯手册》时,他们便满心欢喜。即便你没有他们要找的东西,他们自己也总能找出一本来,而且还恰好与他某个朋友正在修理的车子相关。我住在布里斯托尔的时候,有个朋友一直在购买老旧汽车进行维修。他就曾提到《海恩斯手册》,说是"海恩斯的谎言之书",因为总有一些线路,或者制动液储液罐,与他当时在修理的汽车的真实状况不相匹配。

*

就 Peritus 或者说专家属而言,总的来讲,类型一和类型二是你绝对想从书店里一脚踢出去的那种人。通常情况下，类型一就知道在那儿自吹自擂。这些人的丈夫或妻子终将非常腻烦他们多年来的相伴，可以做到完全无视他们。而书店则给这些人提供了一个完美场所，让他们能够夸夸其谈。对类型二而言，政治是其相当热衷的主题。他们通常毫不在乎"受害者们"可能不同意其观点这回事儿，无论这观点有多么极端。气候变化（他们通常否认）、同性婚姻（他们通常反对），还有欧盟（我们就别讨论了）都是他们的惯常话题。别人对他们的看法越是无动于衷，他们就越是觉得有必要更大声地叫喊出来。类型三和类型五成为了越来越稀缺的类型，这样的人你会想同他们共进晚餐。而类型四则成了欠你好几顿晚餐和一瓶昂贵葡萄酒的家伙，但无论是美食还是美酒，你哪个都别想看见。

2

属：Familia Juvenis

（年轻家庭）

我的第一个拉丁语老师是苏格兰长老会的一位牧师,他被放逐到盖勒韦高地的偏远教区——无疑是因为某些丑事。在我们貌似冗长的语言课堂上,他总是一支接一支地抽烟。我们的书桌来自20世纪30年代,包括一个独立组件,有着铸铁底架,上面放着箱状物品,你可以趴在上面写字,还能把书塞进去;还有一张可折叠的木头长凳,我看来看去都只能假设它是个施虐狂委员会设计出来的。座位之所以要用铰链桥接,是因为当有学校管理员走进教室时，你就可以把凳子收起来，立刻从一个极不舒服的坐姿换成一种更不舒服的站姿，从而表现出一种毫无公平可言的尊敬，无论溜达进教室的究竟是何许人也。书桌上箱状部分的右上角有个墨水池，是自来水笔时代的遗物。但在比克圆珠笔的静好时代，已经用不着了。这一冗余元素成为了拉丁语老师最理想的烟灰缸。每学期的第一个星期结束时，在他执教的班级里，每一张桌子看上去都仿佛刻意装饰了一只满溢的烟灰缸，像极了20世纪70年代停止营业前的俱乐部里的桌子。将我糟糕的拉丁语领悟能力怪在这些琐事头上是不公平的——更有可能的原因是我懒惰的头脑——但我怀疑，就算我再不开窍，也有可能设法搞清楚"Familia Juvenis"的意思是年轻家庭。

和每一个属一样,这个属有着不易察觉(但截然不同)的亚群,而所有亚群我都奉劝你最好避开。我自己就拥有年轻的家庭,往往要竭尽全力才能让每一个家庭成员保持距离,这个过程似乎是无限的循环往复。每一个在生育上犯了过错的人都会明白。在拥有家庭之前,我深深憎恨年轻家庭来到书店。我付出极大努力让书店保持干净、整洁、有序。没人希望手指黏糊糊的小孩子钻进书架,尤其是当书架上还摆着稀有且珍贵的书籍时。然而,如今,我明白了。我明白了,你什么也做不了,不可能不让孩子们按他们的方式行事,也明白了他们的父母仍然想要在一个充斥着尿布、小猪佩奇和呕吐物的世界里,给孩子们注入一点点文化素养。我理解了他们为何要把孩子带到书店来,将他们留在角落,这样当父母的便有可能逃离那么一两分钟,偶然发现一本之前没见过的约翰·巴肯[*],或者一本平装的马克·吐温的《亚当和夏娃日记》——一本超短的书,写得如此好又如此易懂,就好像是专门为幼童父母所写——他们唯一的阅读机会便是在擦屁股和喂饭之间的珍贵片刻。

类型一

种:parentes lassi(筋疲力尽的父母)

这种情况多半是一对夫妇有好几个孩子,其中至少有一个孩子在一岁以下。他们来访的

---

[*] John Buchan,苏格兰小说家及政治家,曾任加拿大总督,代表作有《三十九级台阶》等。

目的——正如他们大部分活动的目的一样——要么就是在孩子让他们筋疲力尽的同时也让孩子筋疲力尽（主要依靠毫无目的性的户外活动），要么就是找到某些转移孩子注意力的方法，这样一来，父母就能拥有片刻安宁。我有两个姐姐，我们小时候——不到十岁——我爸爸，一个极富创造力与创新精神的人，会花上好几个小时，拼命找出控制我们身上儿童能量的方法（这种能量主要体现在到处狂奔、在干草仓里爬上爬下、冲着对方大声尖叫），这种方法既要让我们依然感到快乐，同时又要能帮助他干农活。最终，我觉得，当他意识到能想到的最佳方法就是把我们全都放进牛奶场的仓鼠滚轮里，利用我们的能量转动挤奶机上的抽吸泵时，他就放弃了。让我们面对现实吧，阴雨天在南苏格兰并非罕见，只有在这种天气里书店才会出现在故事当中。我们的儿童区域——尽管给隔壁的儿童书店塞牙缝都不够——真的有模有样，在父母们将孩子扔进去的那一刻，他们往往都能找到短暂占据孩子注意力的好东西。这样一来他们就能开个小差，去炉火边的皮质扶手椅上坐下来，垂下脑袋，直到一个或所有孩子粉碎这份宁静。

类型二

种：puer relictus（被抛弃的孩子）

不可否认，这种情况极其罕见，但偶尔会有某个家长——通常情况下都是单身父亲——会带着一个很小的孩子进来，将顺从的小宝宝放进儿童区,给他一本书,而后慢步走向前门。在静悄悄地开门之后,他会冲着碰巧在店里当班的随便哪个店员大喊一声:"你能帮我留意一下他们吗?我马上就回来。"接着便全速冲刺出门。通常情况下,"马上"意味着一刻钟到一小时之间的任何时长。总而言之,孩子看上去似乎已经习惯这类状况,都能耐心地坐下来看书,直到父母回来。而他们的爸爸妈妈却总是满口毫无诚意的道歉与毫无说服力的借口。这种例子当中的父亲通常都是你最最想不到会丢下女儿或儿子的人。他们往往身着灯芯绒裤子和漂亮的套头羊毛衫(显然不是自己选的),脚上的一双鞋让你觉得他可能有份体面的工作。而上乘的衣着质量表明,他们显然不是在书店工作的人。

我书店里有个相对新手的员工叫吉莉恩,外号"姜黄威胁"。她在这里已经工作了一年左右,只是兼职。但此前她曾在一家新书书店的爱丁堡分店工作过,并且承担过重任。我不得不相信她已经在那段时间里接受了所谓的"训练"。这种"训练"像是一种毒性的洗脑术,在此过程中,"受害者"被教导要相信各种各样的胡说八道,包括那句骇人听闻的咒语——"顾客永远正确"。她彬彬有礼,乐于助人,吃苦耐劳——这些品质都是一家二手书店所不需要的。她最主要的可取之处就是十分机智的报复态度。如果民间传说可信的话,那么这种态度便是那头浓密的姜黄色长发所具备的独特症候。当我告诉她,我在为写作这本书寻找素材时,她对我说了一件小事,发生在她几年前工作过的书店里。

那是一个忙碌的星期六下午（显然，所有的星期六下午都很忙碌——我真希望我也能这么形容自己的生意），爱丁堡的书店里挤满了带孩子的家长。儿童区域的设计旨在创造一个可供孩子阅读的舒适环境（和我的书店可不一样，我店里的儿童区简直就是全店最冰冷的角落，铺满了对孩子一点也不友好的沉闷石板）。根据吉莉恩对那片区域的描述，那里简直变成了父母带孩子们来野餐的天堂。

就在那个星期六下午，书店像往常一样忙着招呼家长和孩子，有一家人潜入了温暖舒适的阅读区。负责那片区域的员工皮帕正在收拾时，发现了两个特别小的孩子（学龄前）孤身在此。也没什么不合理的，她想着，他们的家长肯定是转悠到了别的区域。然而，过了相当长一段时间后，家长依然没有露脸。她就问搭班的同事，有没有人知道孩子的家长去哪儿了。结果，似乎没有人知道这个问题的答案。她坐下来，给孩子们读了一会儿书，其他的店员则将店内搜了个底儿朝天，却没能找到做事如此出格的家长。就在皮帕考虑报警之前，他们出现了，激动地抓着购物袋。原来他们是去了BHS*，离书店只有步行十五分钟的距离。这对父母看起来对自己所引起的恐慌不以为意，而且，似乎还对书店的工作人员竟然没有培训过保姆技能深感困惑。他们觉得这些人的工作内容之一就是在星期六的下午将父母解放出来，好让他们去购物。

---

* 指英国 BHS 百货商店。

类型三

种：parentes, gloriae cupidi

（野心勃勃的家长）

我可以毫不犹豫地告诉你，四岁的塔克文*也绝对不想看什么《战争与和平》。那些期望孩子达到极高读写水平的家长，并非都会揠苗助长。企图这么做的家长只会导致孩子的早熟或痛苦。公平起见，我要再一次声明，这种情况相当罕见，大多数人都乐于让孩子按照自

---

* 指卢修斯·塔克文·苏佩布（Lucius Tarquinius Superbus），也称小塔克文、高傲者塔克文，罗马王政时代第七任君主，公元前535年登基，公元前509年被革命推翻。据传他杀死了岳父（前任国王）塞尔维乌斯·图利乌斯登上王位。关于小塔克文的现存史料不多，他被描述为暴君和独裁者，将很多精力用于战争。

己的节奏去发展阅读能力。不过，尽管我对儿童心理学一窍不通，但到书店里来的最快乐的孩子，似乎就是那些可以自行挑选想读的书的孩子。他们自己选书，大多数情况下，父母给他们钱，让他们自己来付书款。这又是一件特别容易遭人嘲笑的事，然而，在日益无现金化的时代，看到有家长这么做真是让人欣慰。其中的原因我只能妄自揣测，但估计有三层意思：一，教给孩子如何算账；二，在可控范围内教会孩子如何同陌生人互动；三，教给他们金钱的价值。

妮基是我最古灵精怪的员工，也是我见过的最友善、最不同寻常的人，能雇到她我真是三生有幸。妮基还在店里工作时，我们曾偶遇过一个非常有魅力的年轻家庭，这件事至今让我记忆犹新。这家的儿子大约七岁，买了一本《哈利·波特》系列的书。我记得（不过我的记忆在这里可能出现偏差），在他付款的时候，妮基问他，他目前在看什么书。男孩回答，《杀死一只知更鸟》。妮基显然大吃一惊，孩子的母亲耸耸肩，说道："是他自己选的——我们觉得这书不太适合他看，但他坚持要读。"他显然是个罕见的超群儿童，而他的父母则是最不执着强求的父母，我从未奢望能见到这样的家长。他们并不真的适合这一分类，但也不适合其他任何分类。我很希望再见到他们。

类型四

种：filii, librorum cupidi（书虫儿童）

这类人与上述类型恰好相反。最近我看到一家人路过书店：三个孩子的年纪在四岁到十岁之间。他们路过时，我听到三个孩子全都大喊大叫地恳求父母让他们进店里来。母亲向店里张望，说道："我们不去那里，那只是一家卖旧书的店。"孩子们明显很沮丧，我真心希望他们能一直闹到糖果店那里，最好过了糖果店还继续闹。对这种想法我一点也不觉得良心有愧。书店里也会发生这样的事，从不看书的父母不情不愿地被孩子们硬生生地拽进来，而孩子们都是热切的读者。如果你是个求知欲旺盛的读者，那么你就很难接受竟然不是每个人都像你一样。然而,现实有时候真的会甩你一个响亮的巴掌,那便是你目睹家长们把孩子拖出书店而不是拖进来的时刻。

*

书店里的儿童区域在成年人和孩子当中都一样深受欢迎。通常都是那些趋近中年的人——意识到他们无法重返青春——发现自己无比怀恋少年时代。亚瑟·兰塞姆*、伊妮德·布莱顿[†]、埃莉诺·布伦特-戴尔[‡]:这些他们童年

---

* Arthur Ransome,英国著名作家,代表作为《燕子号与亚马逊号》系列小说。
† Enid Blyton,英国著名儿童作家,代表作有《神秘7》系列、《疯狂侦探团》系列等,在世界各地都很受欢迎。
‡ Elinor Brent-Dyer,英国著名儿童作家,一生著作超过一百本,代表作有《木屋学校》系列等。

时期阅读过的书籍能够将他们送回往昔时光。我万分肯定,戏仿版"瓢虫书系"之所以大获成功,正是因为它以事实为依据,断定购买这些书的人群小时候一定阅读过原版的"瓢虫书系"。(在1980年之前的四十年中,"瓢虫书系"共出版了六百四十五种书籍:对于收藏者来说可真是个艰巨的挑战。)

艺术家米丽娅姆·伊莱娅和她的哥哥埃兹拉就这样做了,尽管他们不是戏仿"瓢虫书系"形式的第一人,但他们取得了巨大成功。企鹅兰登书屋拥有"瓢虫书系"的版权,决心控告他们。之后,兄妹二人所采取的行动明显是出于愤世嫉俗。他们开始直接戏仿"瓢虫书系"的书名,通过挖掘浩瀚档案、开采素材,制作了诸如《瓢虫书系之工棚》《瓢虫书系之妻子》

《瓢虫书系之会议》《瓢虫书系之时髦精》《瓢虫书系之正念解压法》等书籍。义愤也促使伊莱娅制作了（正如克莱尔·阿米茨泰德在2017年发表于《卫报》的文章中指出的）"一幅海报，它仿制了一个图书封面，上面是个气鼓鼓的小女孩拿着一台玩具电话：'我们起诉艺术家（然后剽窃她的创意）'。她的出版商是虚构出来的，书封底部写着：'企业恐吓的屎壳郎指南，适合五岁以上人群'"。

于是，伊莱娅就这样一脚踏入了大出版商的世界。

3

属：
Homo qui maleficas amat

（玄学术士）

没人喜欢别人凭一副扑克牌就告诉他们，他们是哪种人；或者一个彻头彻尾的陌生人有权进入某个智力上的深层空间，而自己却被拒绝访问。这些古怪的精英主义特征常见于所有种类的玄学术士。他们往往举手投足间就透露出沾沾自喜的优越感，这至少可以说是有点奇怪的，尤其考虑到这些人对玄学事物抱有坚定不移的信念。玄学术士都是独行侠，常常独自来到书店，虽然我怀疑这并非出于自愿。他们缺乏哪怕最基本的社交技巧，大多数情况下，似乎连最基本的个人卫生要领都掌握不了。或许一旦你自欺为黑暗艺术的大师,或者拥有同逝者对话的能力,你就有权对洗衣服或与活人交流这样的小事轻之慢之。然而,逝者似乎都没有嗅觉,或品味。

类型一

种:artifex maleficus(黑暗艺术家)

他们总是从头到脚穿一身黑,往往有点微胖,并且始终如一地寻找阿莱斯特·克劳利[*]的书,或者寻觅某些古老书籍,并且相信这些书能够召唤靡菲斯特[†]。(他们全都看过《第

---

[*] Aleister Crowley,英国神秘学者。
[†] 欧洲中世纪浮士德传说中的魔鬼。

九道门》,一部由罗曼·波兰斯基执导的备受争议的电影。在这部影片中,约翰尼·德普扮演迪安·科索,一个道德可疑的古书书商,他一直在为委托人寻找一本邪恶古书中遗失的几页,而这位委托人有着浮士德式永无止境的野心。)如同大多数的强迫症患者,黑暗艺术家多数情况下都是男性,其万年不变的面部表情透露出,若是他们认为可以取悦"伟大的野兽"*,无论是成为献祭品,或是(抑或同时)与山羊交媾,他们都乐意之至。他们将我们这些售卖神秘学书籍的人看作是毫无信仰的蠢货,丝毫意识不到堕落天使路西法那如同上帝一样的真实存在。也因此,我们这

---

* "伟大的野兽"为阿莱斯特·克劳利的一个别称。

种人无法意识到这样的真相，即与山羊交媾这种纵欲行为固然荒唐，但只有这种克劳利式的投机举动才是通往真正启蒙的途径。对他们来说，我们是迷途者。就连从我们手中买书对他们来说都是屈尊纡贵，因为，通过售卖这些珍本，我们将埋藏在他们心中的那份艰深的玄奥给商业化了。很显然，这可不是"magic"，而是"magick"* 或"magik"。

落入这一分类的另一类型是巫士。这些人显然也同样拥有一条通往启蒙的道路，但不对我们这些凡夫俗子开放。在他们那掺水"魔法"

---

* 这个单词由阿莱斯特·克劳利所创。由于 magic 在英文中一词多义，没有明确区分魔法和魔术，于是克劳利为了区别于舞台上表演的魔术，在 magic 的拼写后面加一个源字母 k，拼写为 magick，专门用来指代魔法。

里，环状巨石阵*似乎有着重要的含义。在威格敦附近就有一座巨石阵，与冬至日保持一致†，我经常陪着来到镇上的新游客去参观。在我的童年时代，这种巨石阵不过就是矗立在那儿的一大堆石头而已，充满了地方色彩——这里曾是有着历史意义的场所，可能是盖勒韦‡的第一位国王加尔杜斯的墓地。但在过去几年中，它已经变成了一桩好买卖，而不仅仅是一个朝圣之地——人们被带去那里，将代币放在献祭用的石头上。这些祭品包罗万象，从硬币

---

* stone circle，指排列成环状的巨石群，据信在古代用于宗教仪式或作为墓地。
† 这里指的应该是威格敦以西三公里处的 Torhouse 巨石阵。它由十九块花岗岩组成，中心位置的三块巨石按东北至西南方向排列，东北方与夏至时的日出方向一致，西南方则与冬至时的日落方向一致。
‡ 苏格兰西南部的一个地区。

到明虾，甚至还有吃了一半的巧克力曲奇。在看到那块曲奇的时候，一个前来参观的朋友认定，把剩下的曲奇留在这里未免有点浪费，于是就给吃了。

有些人是寻求"魔法"（magick），而有些人则感兴趣于"把戏"，或者说"戏法"，在这里，区分这两者间的差别相当重要。很显然，深谙后者的人相信高深词汇能够赋予某些事物独特的魅力，尽管在他人眼里这不过是无聊的花招罢了。这些人通常都是十几岁的男孩，并且相当可爱。他们并不心存幻想，知道自己的魔术伎俩不过是些聪明的小把戏。学习这种伎俩是想要给其他同龄人（通常都是女生）留下深刻的印象。他们对施魔咒才不感兴趣呢。事实上，恰恰相反，他们觉得魔法不过是种假象。这也致使他们不会和那些把魔法咒语当真的人落入同一分类。

我们曾经有个常客——一个专业经销商——每一年他都在四月的最后一周出现(就像魔法一样),来找关于死后生命存在的书籍。他会将黑色的灵车停在书店门口,步伐蹒跚,汗流浃背,但仍自信地将耷拉在眼睛上的头发扫过头顶(那染黑的头发已然不剩几绺了),就这样走到安放神秘学书籍的区域。每次他来店里都会花上一个小时,摸遍我们全部的库存,在其中寻找符合他客户兴趣的书籍,然后再来到柜台,抱怨我们缺少他关注的那类书。有一次——真是已经受够了——我告诉他,关于这个主题没有那么多书,因为老实说,那些全都是胡说八道。他后退一步,显然被惊到了,随后摇了摇头——那梳到脑后的几绺染过的头发神出鬼没,再一次垂落到他小猪崽一样的眼睛前面。他的眼睛像两座孤岛,置身于廉价睫毛膏晕染出的熊猫眼正中——涂了黑色唇膏的嘴巴里念念有词,我听不清,只能认定是句诅咒。而后他走向门口,举起右手,似乎是某种仪式的手势。时至今日我依然疑惑,那句诅咒是否已经生效,因此我才仍在这个书店里工作。从那以后,我再也没有见过他。

类型二

种:homo qui coniurationes fervet

(阴谋论者)

尽管严格说来他们不算是玄学术士,但阴

谋论者与黑暗艺术家共享同一特质,那就是他们总是轻信某些可以被轻易驳倒的事情。阴谋论的数量几乎无穷无尽,但在我的书店里,最被频频问起的是有关肯尼迪总统遇刺和开膛手杰克的书籍。问起的客人通常二者都要。否定纳粹大屠杀和"9·11"阴谋论的书最近也需求旺盛,而且往往是被携手问起。这些阴谋论者没有黑暗艺术家那么容易辨认。第一眼看上去——甚至带着审视的目光去看——他们表现得相当正常,并且能让自己的话听起来颇为明智合理。比如说阿尔弗雷德,在大多数情况下,其外表和言谈都让大家以为他是个极为明理之人,但前提是不提及"登月"和"非接触支付"这两个词。

若是这类人去你店里卖书给你,那么你永

远也别想走运地发现任何大众读者感兴趣的读物——博物学、传记、地形学,甚至航空航天。他们的"书箱"(多半都是黑色垃圾袋)里别的没有,尽是些有关 UFO、百慕大三角、海地巫毒教文化以及促狭鬼现象*的书。对他们而言,人体自燃这类高度可疑的理论要比内燃机那些显而易见的物理现象更有道理。嘲笑他们的兴趣爱好绝对不是个好主意,除非……当然了,他们已经承认是自己主动放弃了这些书籍,因为对这种神秘知识的追求被证明完全是浪费时间。他们最终醒悟,自己少年时代对《X档案》的痴迷不过是对吉莲·安德森†的青春期迷恋,

---

* Poltergeist,又叫骚灵现象,原为德语词汇,指制造出敲击声的幽灵。
† Gillian Anderson,美国演员,代表作品有《X档案》《性爱自修室》等。

他们有点入戏太深了。

类型三

种:homo qui cartas providas legit

(塔罗师)

注视水晶球内部,毫无根据地预言一个陌生人的未来,在传统上曾是留着胡子——或者至少是有着浓密八字胡的中年人的专属保留项目,无论男女。将塔罗师放进这套刻板印象里似乎有点别扭,但又完美契合:纵然他们所涉猎的范围远不止给孩子的起名提建议这么简单,预言未来似乎成了这一物种的主流业务。其他还包括解梦、凯尔特神话、占星术、顺势疗法*、风水和精神治疗。哦，还有毫无科学根据的、与水晶相关的一切。塔罗师通常身穿宽松衣物，其中至少得有一件是扎染的。他们的衣服表面永远都附着狗毛或者猫毛，并且一股陈腐的香火味道总是紧随其身。塔罗师的身上总是有着一丝模糊感（还有香火味），但他们就是固执地相信，人们会高高兴兴地付一大笔钱来聆听他们的预言，或者得到他们开出的一杯水作为治疗癌症的灵药，里面不过加了某种酊剂。他们经常购买创业类的书籍，但真正值得他们投资的应该是那些关于如何应对破产的书籍。

---

* 顺势疗法，一种替代医学治疗方式。其理论基础是"同样的制剂治疗同类疾病"，意思是为了治疗某种疾病，需要使用一种能够在健康人中产生相同症状的药剂。

我的朋友卡鲁姆自诩——这是他大学时开的一个玩笑——能用塔罗牌占卜未来。他当然对此毫无所知，纯属胡编乱造。但是没过多久，人们就踏破门槛来要他占卜。即便在他承认那些都是瞎编的之后，人们还是会来，简直就像科幻作家 L. 罗恩·哈伯德一样。他公开宣称成立山达基教纯粹就是为了赚钱——然而，人们仍旧相信他发明的所有怪诞教条与规章制度。为了说服人们相信他是在胡说八道，卡鲁姆想了个办法——他让自己的预言变得越来越稀奇古怪。结果这种举动似乎适得其反，反而愈加助长了大家的热情。直到——在绝望之中——他不得不假装自己所得到的这种灵力已经超过了他的承受范围，为了自己的健康，他无法再继续下去了。

类型四

种：venator umbrorum（幽灵猎人）

一项 2014 年的 YouGov 调查显示，在英国，相信幽灵存在的人比自认有宗教信仰的人要多（分别为 34% 和 26%）。更为惊人的是，有 9% 的人宣称自己曾和已故之人沟通过（尽管严格来说，这种沟通也包括了冲着墓碑大喊大叫，毕竟题干部分并没有明确界定这种沟通是否一定要亡者予以回应）。人们发现，在美国，这一数字还要更高，有 45% 的人相信幽灵存在，18% 的人宣称他们曾接触过幽灵。但对大多数人而言，这完全不值得大惊小怪。仔细考量这些数字，我惊讶于来我们店里寻找幽灵相关书籍的人竟如此之少,而真的来问的那些又如此让人气恼。我有许多种讨厌鬼顾客——一大批——但这些人几乎是最让人讨厌的一种。我们本地的光面杂志《邓弗里斯和盖勒韦生活》本来做得不错,直到他们让一队名为"四处闹鬼"的"灵异调查员"登上了其赚钱用的小版块。如你所料,他们穿得就像超低成本吸血鬼电影里的群演,戴着高顶礼帽和长至胳膊肘的蕾丝手套,身着中古服装,脚踏粗跟靴。他们的调查结果既模棱两可得令人惊奇,又微不足道得惹人生厌。这些人通常会在午夜时分造访一座传闻闹鬼的房子,关掉灯,给老家具和队友拍照,然后宣称在"凌晨两点半感到一阵恶寒",或者"在日落时分看到了无法解释的阴影"。让我们承认吧,其中没有一个现象算得上超乎寻常。不过他们并没有造成任何危害,甚至恰恰相反,还为容易上当受骗的游客提供了娱乐,用自己的方式促进了区域发展。

如果说我曾有过哪怕一丝的怀疑,怀疑幽灵并不只是我们混乱想象力的产物(但要实话实说的话,我从未动摇过),那么一切都可以归结于这一事实:曾有四次,我的顾客(和员工)各自察觉或声称在店里见到了一些从坟墓里跑出来的东西。通常我都会断然驳斥这一点,但这几个人从未见过彼此,也没有理由能以任何方式相互沟通过。所有的四次"目击"都发生在同一个地方:楼梯上,或者是其中的某个台阶上。不过我将这件事的真相解释为,书店的这部分空间可能会有穿堂风,加上光线在此投下的诡异阴影,从而播下了怀疑的种子。但科学的草甘膦*已经在相当程度上阻止了它的萌芽。

类型五

种:homo artificii studiosus

(手工艺爱好者)

尽管手工艺爱好者并非严格意义上的玄学术士,但他们与这一大类下的某些子集享有同样的特质,最突出的就是与塔罗师一致的着装品位。手工艺爱好者向来都不大清楚自己究竟在找什么东西(其中大多数都是女

---

* 一种除草剂。

性),他们像训练有素的间谍一样躲避"审查"。即便是最为冷酷无情的斯塔西*官员,也无法准确诱探出她到底对哪种手工艺感兴趣。我店里的手工艺区域挤满了书籍,内容全是关于一些毫无用处又浪费时间的活动,从用石头作画到用狗毛编织不等。这里面也有一些实用的书,缝纫、制陶,诸如此类,但是手工艺爱好者从来就没买过其中任何一本。这些人通常都是空巢老人,或者退休人员——与塔罗师重合的又一特征——力求用某些东西来填补生活中的空白,任何事情都行。而这恰好就是问题所在,因为他们并不清楚自己究竟想做什么:木棍制作、糖果工艺还有刺

---

* Stasi,原德意志民主共和国的秘密警察和情报机构。

绣是这类书中的主要品种，可不管我们究竟有多少这类书的库存，当他们来找时，永远都找不到合适的。从某种意义上说，这种一无所知达到了它的目的，让他们消耗了漫长又寂寥的时光后，还从与那些不幸的书商的纠缠中获得了乐趣。

不久之前，可能是三四年前吧，我购入了一个手工艺爱好者的藏书，这类人多数情况下对手工艺也都是浅尝辄止，所以能从他们那里买书算得上非同寻常。那位藏书人通过自己的手艺谋生。她曾是一名老师，在自己的专业领域中承担过严肃的学术研究。她的藏书非常棒。买下这些书后，在离开她家时我注意到门边有一把破旧的椅子。那是一件非同寻常的"工艺美术"*风格的家具,而且很显然,她打算重新为它装上软垫。我对这把椅子评论了两句,几年后,她来到书店,将椅子给了我。她没能腾出时间来重新给它装软垫,并且决定,是时候给它找一个新家了。她的慷慨令我深受触动,于是就高高兴兴地接受了。但我同时也充分意识到,它现在成了我的难题。然而,这一难题很快便被解决。不久之后便有个剧组过来,为电视节目《古董巡回秀》寻觅可供拍卖的古董。节目主持人出价二十英镑买下了这把椅子。鉴于我是免费得到它的,所以我接受了他的报价。几个月后他发邮件告诉我,这把椅子会出现在

---

* 与实用制造工艺紧密结合的美术技艺。其产品除了实用性以外,还具备审美性,常常反映出不同时代、地域的审美情趣。

下一期节目上。最终在拍卖会上,这把椅子卖出了两百英镑的价格。不久之后,我偶遇了给我那把椅子的女士。她告诉我,她看了那期节目。我本以为她会痛骂我一顿,结果她却十分善良豁达地告诉我,这就是老家具的命运:它会通过一个又一个人找到自己的路。若是好运,便会得到照顾与珍惜。

4

属：Homo qui desidet

（游手好闲之人）

若是一个彻头彻尾的陌生人在你附近踌躇徘徊,那么你完全有理由为此担忧。若他们没有表现出想跟你互动的意愿,那这毫无疑问是好事一桩。可是,一个人如果毫无缘由地出现在那里,那么怀疑他们可能不怀好意也是非常自然的事。如果你发现自己正这么想,那你想的没错。对有些人而言,忙个不停似乎是一种自然属性;而对另一些人来说,无所事事才是他们的"系统设定"。游手好闲之人就属于后一类,而且非常令人不安。他们设法将某种无精打采的品质与一种错觉天衣无缝地结合起来，这种错觉让他们以为自己是在进行某项极为重要的工作。但很明显，事实并非如此。最令人生气的地方或许在于，他们永远流露出一种马上就要张口问你问题的感觉，这就意味着你必须得待在附近，谨防他们真的开口提问。但实际上这事很少发生。可一旦你走开，去将书放到书架上时，他们就会马上开口——然而问题跟书压根就没什么关系——问你现在几点了，或最近有什么地方可以吃到一顿像样的午餐；抑或——以我最不屈不挠、最让人光火的一位游手好闲的客人为例——去牛顿斯图尔特的下一班巴士几点发车。但有时候，除了在那里浪费自己和你的时间以外，他们还会装作无事可做。然而事实上，他们目标明确，只不过想拼命隐瞒而已。这一名单里的第一类人就是这种类型。

类型一

种：homo qui opera erotica legit

（色情浏览者）

这种类型通常——但不绝对——是男性，而且一般是相对年迈的老男人。尽管我不会妄自揣测他们是书店里的猥亵犯，但是其穿衣打扮和你想象中的暴露狂或性侵犯毫无出入。长外套，立领，戴帽子，偶尔佩戴墨镜。还有胡子——他们都留胡子。成群结队的咯咯直笑的青少年也属于此类，虽然他们往往还会掩盖下自己发现"好东西"时的喜悦。那里面满是人们展现柔韧到不自然的性爱姿势的照片，或者——更有甚者——含有夸大到不成比例的性器官的日本浮世绘插图。老男人能够更加鬼鬼祟祟地达成目的，他们通常都是溜达到附近的铁道书籍区，这里更加隐蔽，也更容易掩人耳目。我们花了相当长时间才将书从铁道区域挪回色情区。众所周知，色情浏览者慎之又慎，他们甚至会用大小相似的书封来替换色情书籍的封皮，好让其他顾客相信他们正在看的是《英国干线铁路运营商与轻轨系统运营车辆手册》，而不是《猛犸象书系之蕾丝情色篇》(在这里将书名里的单词顺序拼写正确非常重要，除非你恰好对猛犸象一样的蕾丝或者蕾丝猛犸象有着下作的兴趣)。沉迷于这一习惯的顾客通常会在细细审阅完感兴趣的内容后，很得体地将书封换回去，但并非人人如此。

几年前，有位女士急匆匆地来到店里，想要给丈夫买个礼物，庆祝他即将退休。当她告诉我，她丈夫一直对维多利亚时期的工业建筑颇有兴趣时，我将她引向了铁道类图书所在的区域。在那里，她非常高兴地发现了一本保罗·卡劳的《大西部支线终点站》，这是一本关于火车站的书。她在发现这本书的时候有多激动，两天后她返回书店来的时候就有多暴怒。她告诉我，一头雾水的丈夫发现，掩盖在这个书封之下的其实是海伦·卡普兰的《性疗法图解手册》。我无法想象她是怎样向丈夫解释自己的礼物的，但如果要从她如湍流般的咒骂中找到些线索的话，我想这番解释应该进行得不太顺利。

那些咯咯咯笑个不停的青春期男孩——当你在店里巡视时,能够听到他们的动静——他们有些地方其实颇有魅力。在你走近时,他们会不顾一切地将书塞回书架,然后四散逃窜。他们的父母就像我们这些人一样,在那样的年纪也都为这样的行为而感到羞愧,因此大概率会对孩子们的好奇心睁一只眼闭一只眼。但是孩子们,尤其是十几岁的孩子,内心被各种各样的恐惧填满,生怕被抓到抽烟或观看淫秽作品,也怕表现出任何长大成熟的迹象。他们精于如何愚弄大人,哄得大人以为他们正致力于更高尚的文学追求。当他们听到父母靠近时,就马上从色情作品区改道,颇有说服力地拿起中世纪苏格兰教会史、格洛斯特郡蒸汽铁路支线或者温斯顿·丘吉尔二战前的工作之类的书籍武装自己。这些主题的相关书籍都是父母会送给他们的圣诞礼物,虽然此刻孩子们接受得心不甘情不愿,却会让他们受益终生。

在色情作品浏览者这一类别当中,最后一组或许值得最为浓墨重彩地提上一笔,她们就是年轻女性。这也是唯一一组特例,其成员既不会逃跑,也从不试图掩盖自己正在阅读的内容。反而是喜气洋洋地站在那儿快速浏览整个区域,那份开诚布公仿佛她们在读的是《托马斯·卡莱尔<u>*</u>全集》。本来就应该如此,阅读色情区的作品没什么好羞愧的,如果老男人和青春期男孩感到他们有必要遮掩自己对这一主题的兴趣,那么或许这更多地反映出的是社会风

---

* Thomas Carlyle,苏格兰哲学家、讽刺作家、历史学家。

气的问题,而非作品内容的问题。当你真的看到女性在阅读色情区的作品时,你会发现,她们看起来往往是以好奇与失望的双重眼光来审视这些作品。

我的书店里有一个浏览色情作品的常客。他进来的时候总是打着对古书感兴趣的幌子,但是要不了多久就会"一不留神游荡"到色情作品区。他总是戴着顶宽檐帽,就是鳄鱼邓迪*戴的那种帽子,但我十分怀疑他压根就没见过一条鳄鱼。有时候我真希望他见过。最近他逐渐热衷于抱来一箱箱自己的色情藏书兜售,因为"我女儿不愿意在我死后处理它们"。我可真同情他女儿,但显而易见,色情作品与

---

* 《鳄鱼邓迪》(*Crocodile Dundee*)是1986年上映的澳大利亚冒险喜剧电影,共三部。

淫秽书刊还是有区别的。其中的边界可以说相当模糊,易贝、亚马逊和其他线上网站都为此纠结。但是在这个案例里,我要为他辩解,他确实是名副其实的色情作品收藏家。他带来要卖的最后一箱作品包括一本克莱兰的《芬妮·希尔》,是有插图的删节本,出版时间可以追溯到1780年。那是一本很美的小书,并且显然不想让你通过书的外观就清楚判断出其中的内容。书中包含六幅左右的手绘铜版插画。尽管在出版这本书的年代,这些插画都属于淫秽内容,然而从现在的社会接受度来看,这些插图简直清纯得可笑——基本跟维特太妃糖广告的色情程度相当。我不记得给他抱过来的三箱书付了多少钱:很可能是两百英镑。几星期后,另一个书商来到店里,注意到删节版的克莱兰后，马上就抢购走了。很显然，他手里有这本书的买家，因此我要价一百五十英镑都没有费心跟我讨价还价。我常常疑惑这些书最后都去了哪儿，但我绝对不会去随意评判买家的兴趣爱好。

类型二

种：cunctatio imprudens（无所事事的闲人）

我在以前的书里简短谈论过这类人，就像其他类型我也大多提及过一样。他们置身书店纯粹是为了消磨时间，可能是在等待药店给他们把处方药配好，抑或是停在车库里的车正在进行某些维修。此刻无所事事，因此决定在书店里消磨时光，至少在这里他们不用淋雨，并且在等待的时候还能找到点有意思的东西读一读。但这并不是说,他们曾在店里买过什么。这些人大多是本地人,因此他们的缺点就是总想浪费你的时间,和你八卦一下本地其他的人。如果他们是在等着开药,那么对话内容通常都关于药店里排在他们前面的那些人,聊一下人家的小病小痛。十次有九次,这些对话都要聊到最近哪些人死了,哪些人又快要死了。

我母亲就很热衷于这类闲聊。最近电工罗尼在店里的时候她来了。我提前几周给罗尼发了信息,告知他房子里有哪些工作需要处理,他回复我说他病了。之后他到店里来讨论工作,和我谈起他的疾病,包括胸痛、呼吸困难以及其他各种各样的身体不适。就在他对自己疾病的冗长描述进行到一半的时候,母亲过来打招呼。她一听到"三重心脏搭桥术"这几个字就瞬间竖起了耳朵,并且让罗尼又从头开始讲起,详细说明他的每一种症状。

不过,说回无所事事的闲人。这类人中最可怕的祸害无疑是农夫,尤其是没有结婚的农夫。这些可怜的家伙过着全然隐士般的孤僻生活,通常都是住在大风呼啸、潮湿的小山坡上,一心埋头照顾自己畜养的家畜,因此与人类的接触是他们格外珍视的活动,算得上极为稀有。他们隐世避居的另一个结果就是,这样的生活给了他们时间来思考,因此他们往往都有着相当多的想法或看法,却没有机会去分享。而一间书店无疑是进行这种分享的完美场所。我的朋友桑迪是个可爱的男人,在威格敦南部经营着几块田地,然而每当我看见他慢悠悠地朝书店晃来时，我就知道这个早上算是交代了。

类型三

种：coniunx vexata（无聊的配偶）

这个类型的人并非特指某一性别。竟然有人会在书店里感到无聊，这件事每次都让我困惑不解。有些无法阅读的人是特例，但这里面不包括所有的成年人。尽管我不愿引用《权力的游戏》的创造者乔治·R. R.马丁的话，但他的话确实难以反驳，他说："一个阅读者在死前已经活过了一千种人生，而从不读书的人只活了一种。"然而，你可以一眼就辨别出无聊的配偶，因为他们进到书店以后会做的第一件事就是找个最舒服的座位,然后一直在那儿待到伴侣浏览完毕;或者是正在浏览的那方会十分敏感,因为他们知道另一方等待的耐心十分有限,并且正在迅速耗尽。手机是把双刃剑,但是自从有了它以后,无聊的配偶至少可以玩《糖果传奇》来分散自己的注意力,直到其伴侣的文学渴求得到满足。无聊的配偶耐心耗尽的信号也极易识别:双臂交叠,没完没了地唉声叹气,频频看表。把他们和游手好闲之人归入一个属的确不太公平,但是他们来到书店显然不是为了买书,因此我认为这一归类可以保持不变。无聊的配偶身边往往陪着一只狗,狗的存在给他们提供了完美借口,可以不断骚扰自己的另一半,抱怨说狗狗感到无聊。在大多数案例中,爱好文学的配偶都比自己的另一半更加关心狗狗的厌倦感,因此屈从于他们约定好的十五分钟浏览时间,这是他们难得达成一致的时刻,十分稀有。

类型四

种:homo qui librum suum edidit

(自费出版者)

之所以将这类人放进游手好闲之人的类别,是因为除非你答应他们的要求,否则就别想摆脱他们。我最不愿意做的一件事就是贬低其他的作者。我自己的文学努力就遭遇了诸多批判,在网络评论里读到彻头彻尾的陌生人对你做出种种假设,这绝不是什么愉快的体验。除此以外,自费出版者如今也不再背负"虚荣心出版"的污名，曾经他们可都是被这样看待的。事实上，从历史上来讲，自费出版的方式也曾为马塞尔·普鲁斯特这样的文学巨擘敞开大门：《追忆似水年华》的第一卷《在斯万家那边》就是这样自费出版的。甚至连毕翠克丝·波特也是自费出版了《彼得兔的故事》。然而，当自费出版向文学领域中某些最值得敬重的人物敞开大门时，它也同时向大量文学侏儒放开了水闸。他们中的许多人缺乏大出版方的市场号召力、营销体系和发行网络，因而别无选择，只能亲力亲为，承担上述所有工作。这些工作的主要内容似乎就是四处造访书店，把那些实在不愿销售任何自费出版物的书商骚扰到烦透为止，直到他们勉为其难地同意拿上三本碰碰运气，只为了让这位作者赶紧离开书店。

这是一场消耗战,对方极不公平地武装了退休人员才有的充裕时间和坚定决心,他们能够在刹那间在你的马其诺防线*周围找到突破路径。他们的书不可避免地要么就是职业生涯的回忆录,要么就是为他们的孙子写的故事。没有什么比浪费书商几个小时的时间更能让他们高兴了。除了因为自己的书被婉拒时导致的自尊心轻微受挫外,他们什么都不怕。然而,反常的是,这种消耗战术让他们多次获胜。他们总是带着复写纸收据簿,在上面签字的感觉就像是举白旗投降、心怀愧疚地向苏台德地区†道别。

---

* 法国于 1929 年至 1934 年间在其东部边境线上修建的防御工事体系,1940 年被德国军队从侧翼突破。
† 捷克斯洛伐克西北部沿波兰边境一处有历史意义的地区,1938 年 9 月被德国人占领。1945 年归还给捷克斯洛伐克。

以下是我 2020 年 3 月 2 日的日记：

下午四点三十分，我从小单间里下来（我一直在那儿处理电子邮件），去看吉莉恩（姜黄威胁）怎么样。朝柜台走去时，我能看到一位女士的背影，她有一头梳成马尾辫的金色长发，正同吉莉恩说话。吉莉恩看上去面色苍白。我的本能反应是回到楼上，留她去面对与这位女士之间显然并不令人期待的对话。这位女士的存在让人感到一种无形的厌烦，但我仍愚不可及地继续朝前走，这更多是出于好奇而非风度。在我抵达柜台的瞬间，吉莉恩抓住机会逃开了。我觉得我从来没见她行动那么迅速过——尤塞恩·博尔特也得拼尽全力才能追上她。因此我只能独自应付这位女士。我注意到的第一件事就是她奇怪的英美混合口音。她迫不及待地告诉我她在一家知名银行工作,仿佛这样的关联能让她看上去更加可靠。然而这家无能又贪婪的公司在2008年险些倒闭。在接下来的二十分钟内,她滔滔不绝,一个字都不让我说。即便是现在我也不能完全确定她到底在说什么,应该是些关于圣殿骑士团、小仙子,还有僧侣之类的话,哪个都没有太大意义。而且她总是在话到一半时不停地说"长话短说",可她自己说的实际上已经非常冗长又难以理解了。四点五十分时,我注意到吉莉恩察觉到了我被这个乏味至极的女士所困住的懊丧。此时这位女士终于透露,她写了一本书（我认为说的是书），似乎认为我们手中握有帮她找到出版商的钥匙。让我高兴的是，吉莉恩开始关灯关门了。我觉得，当阿曼达（她的名字到现在还不可磨灭地刻在我脑海中，这部分要拜她留下来的名片所赐）心领神会，离开书店时，我和吉莉恩都掩饰不住内心的如释重负。她一走，我和吉莉恩就交换了一个了然于胸的眼神，暗示着接下来必然是一场对这个自恋狂的吐槽大会。她告诉我，在我下楼之前，她就已经被那位女士困在柜台后面达半小时之久。在头一分钟内，阿曼达就四次提及银行，并且长篇大论地说她是多么游历广泛，曾去过澳大利亚、新西兰、以色列、索马里、南非……

当自费出版者在尝试推销他们的作品时告诉你"我的孙女给它画了插图",或者"我的朋友们都告诉我他们真的很喜欢这本书",那就真是"锦上添花"了。大部分书商面对这种情形的第一反应都是"我去找一下老板",然后找到薪水最低的员工,把球踢给他们,让他们向其解释书店不想进他们的书。在我这里,很不幸,老板和薪水最低的员工是同一个人:我。这些作者还都有这样一个习惯,那就是趁你不注意时溜进书店,把他们糟糕透顶的书放几本到最显眼的地方。这些书的评论通常都来自其直系亲属或者恐惧的邻居,如果邻居们没能赞扬作者的"猫咪花园漫游记"那"超凡脱俗的尾声"(没错,尾声),那么他们可能就要面临围墙纠纷了。

对自费出版者的恐惧只有一个例外,那就是地方历史学家。这些人有着与其谦逊相当的激情。他们往往安安静静地来到店里,带着某种高贵的害羞神情,但最终会告诉你,他们花了多年时间来研究本地一处英国皇家空军基地的历史,或本地墓园里所有墓碑上的名字。之后他们会嗫嚅着说不知道你是否有兴趣引进他们的书。对此,答案是响亮的"Yes"。他们进行了艰苦的工作和研究,其成果将令子孙后代对他们感激不尽。他们曾同那些如今已经去世的人做过对话并记录了下来,没有他们的努力,重要的历史信息将不复存在。但除此以外,他们的书也是能够销售出去的书。没错,或许卖不了太多,但一批印制了五百本的关于本地一处庄园农场地名*起源的书,甫一面市就能被一扫而空。人们对这类事情有兴趣。诚然只限于一小块地理区域,但这些作者的工作是有价值的。

---

* 在英国,每块田地都有着自己的地名(field name),地名往往包含着有关这块田地的一些历史信息。

5

属：Senex cum barba

(留胡子的退休老人)

这一属中同时包括了男性与女性，尽管男性占据了主导地位（毕竟有络腮胡）。他们几乎每个人都开着房车或者拖车在国内旅行，就像一大群老年蝗虫，抱怨一切又什么都不买。他们旅行的最快时速是四十五英里（这个速度同样深受农民青睐，他们的皮卡后面堆满了绵羊尸体，平稳地行驶在乡间公路上），这样就能确保除他以外的每个人都能永远约会迟到。就燃料的效率而言，这显然是一个完美速度，而凑巧的是，在惹恼着急的上班族这方面，它也同样如此。房车司机鲜少在乎其他的道路使用者，因为他们已经退休了，完全不理解为什么其他人"如此着急"——除非他们碰巧需要一台除颤器进行急救。在风景名胜区停车过夜似乎能让他们获得特殊的乐趣，如此就能在早上把化学厕所里的东西倒在路边，然后在早高峰来临前的十分钟继续出发，开始自己每天的例行公事——让道路再次拥堵数英里。留胡子的退休老人只要有机会，就会将他们又大又丑的房车"十字军战士"（这些车都有"十字军战士"或者"掠食者"这样的名字）停在你上班的地方，这样他们就能在径直踏入你的工作场所时还用房车遮挡住它，让其尽可能长时间地消失在公共视野中。与此同时，他们什么也不会买。

我有个泛泛之交,我称她为"一月"(Jan),因为她的名字就是这个[*](谢谢你,里基·富尔顿,创造了经典的"乔利牧师[†]系列")。她有一辆房车(看起来是一辆自动驾驶的侦察车),但开得非常慢,就连融化的冰川速度都比她快。据说联合收割机都会被她堵在乡间公路上直按喇叭。我深信,在过去十年里,没有任何东西可以比她更能造成别人的工时损失——除了新冠病毒。不过,她确实要求我说明,她的车厢里没有化学厕所。她像教皇一样(还是说像熊

---

[*] 在英语中,Jan 或为 January(一月)的缩写词,或为 Janet(珍妮特)以及 Janice(贾尼斯)的简称,很少用作正式姓名,因此作者才有此言。

[†] Reverend I. M. Jolly,苏格兰电视喜剧节目《苏格兰威士忌与讽刺》(Scotch and Wry)里的人物,由里基·富尔顿扮演。他的名字很讽刺,乔利(Jolly)意为愉快,但他本人永远都很沮丧。

一样？我记不清了），在树林里大便。

在这个节骨眼上，我必须得提到我的父母都是退休人员，虽然他们谁也没有留胡子。不过他们的确同其他留胡子的退休者一样，与现代科技之间有着格外麻烦的关系。曾经有一次，我姐姐试图给父亲演示如何用他的新 iPad 在网上搜索东西。姐姐走后，父亲决定使用他新学会的技能搜索最便宜的砂石来源，他想重新铺一下自家的车道。怀着可爱的天真，他头一次使用了谷歌，在搜索引擎里输入了"便宜的碎砖石"[*]这几个字。然后，我们花了好几个月的时间才说服他再次使用互联网。

---

[*] 原文是"cheap hardcore"，hardcore 除了指碎砖石以外，还指硬核色情片。

类型一

种：vestimentis strictis amictus

（穿莱卡的人）

这类人在这一属中占有特殊地位，因为除了莱卡面料所带来的视觉恐怖（紧身的莱卡面料让他们的身材一览无遗）之外，他们还想方设法地用野营车和自行车将交通速率降低到令人痛苦的程度。他们把自行车安置在车辆背后，唯一的目的就是挫败一切堵在他们身后的人。在开始骑行之前，穿莱卡、留胡子的退休人员会先离开前一晚的宿泊地，驱车前往任何免费的停车场。在那里，他们体积过大的座驾会占据至少四个（如果谨慎停车的话）或五个停车位。他们在此处将自行车从车后卸下，然后戴上头盔、调节车带、摆弄驮篮、检查鞋带等等，这一系列动作更显得他们小题大做。而且这其中必然包括弯腰之类的用来考验莱卡面料弹力极限的动作，直至自行车终于准备完毕，骑行开始。他们一天当中的骑行总路程不会超过五英里，但所花费的时间则绝不能少于五小时。

通过中途在书店的停顿，他们实现了一项近乎不可能的物理奇迹——将一辆自行车的平均时速拉到了一英里。停车修整期间，莱卡夫妇（通常都是一对夫妇）会一头扎进地形测量图区，然后站在店里最碍事的地方（完美地堵住一扇门或者一条通道），打开每一本地图，计划出下周的路线。而在他们把地图错误地折回去之前，几乎肯定会将它撕成至少三份。地图被塞回到陈列单元的错误区域后，这对莱卡搭档便扬长而去，一句话都不会跟店员多讲。在他们将检查捆绑带、鞋带等例行公事循环一遍后，紧接着的必然是一场公开辩论——双方都伸出手臂，义愤填膺地将指尖指向不同方向，辩论完才能再次出发。他们会特意选择交通最拥堵的道路，不幸堵在他们身后的车子根本没有机会超车，由此导致的堵车长龙老远就能看见，并且常常会占据当地的新闻头条，这让他们心满意足。回到房车后，他们就会发动"敏捷复仇者"，慢悠悠地向前开去，寻找适合过夜的地方，完美地破坏某些人的视野。那里还有一条干净漂亮的小溪，正好能让他们在第二天一早清空化学厕所里的有毒物质。

类型二

种：bracas rubras gerens

（红裤子[*]）

我的林奈分类体系又一次公然失效，我不得不承认这一类人事实上并没有留胡子。"红裤子"几乎总是将胡子刮得干干净净。在男性群体中，这通常是因为他们一直身处军队（作为长官），或者是由于某种风俗习惯，而不被允许留胡须。我们谈及的裤子并非一定要是灯芯绒材质的，但大多数情况下都是如此。如果裤子稍微有点不合身，那就太好了。最理想的情况是恰好短那么几英寸，这样就可以完全露

---

[*] 原文为法语，pantalons rouges。

出最近刚刚抛光的拷花皮鞋。在男性"红裤子"群体中,体形过胖或者非常高瘦是一项必备条件。他们的年纪全都超过四十五岁,都有孩子,而且孩子不是证券经纪人,就是跟证券经纪人结了婚。

这类人毫不马虎,也绝不信步闲谈。他们并非逛逛就走的人。他们准确地知道自己想要什么(通常都是军事史或者家族史,狩猎或者纹章学),并且能以令人恐惧的果决搞定他们所搜寻的书。找到书后,他们极少去看书的售价,当你告诉他们多少钱时,他们也很少退缩,即便价格贵到让人瞠目结舌。除了手下的小兵外,他们从来不曾有意去结识另一个非"红裤子"成员。也因此,在与他人交谈时,他们给人的感觉就像是房间里除他以外的所有人都是一个样儿。这在我的店里导致了一些非常尴尬的情形,毕竟我的顾客中只有一小部分是"红裤子"。这个种类的成员都是贪婪的肉食动物,虽然他们对素食主义的概念有着零星了解(我侄子的女朋友就是个素食主义者),但往往也只局限于希特勒是个素食主义者这样的事,"看看他变成了什么鬼样子吧!"大部分"红裤子"男性都坚信"Vegan"*这个词指的是木星的一颗卫星。这个类型的人都有至少一条拉布拉多犬,颜色最好是黑色的,如果还以历史人物或者与军队有关的事物来命名那就再完美不过了。比如说,"坦克"就是个完美的名字。

---

* 原意指严格的素食主义者。

或者"毛瑟"。事实上，仔细想想，德国人早已在这一取名方式上抢占先机了。你不会真给一只狗取名为"加特林机枪"或者"李-恩菲尔德"吧？尽管你可能会以"温斯顿"或者"蒙蒂"*取而代之。

这类人群里的女性可以粗暴地分为两大类：室内型和户外型。两种都非常可怕。她们通常都不穿"红裤子"，但毫无疑问有着统一制服。我对此不太熟悉，不知道究竟是谁做了这种制服，但他们肯定通过这桩生意大发横财，因为这种制服似乎成了强制性的着装要求。那

---

* 这两个都是著名历史人物的名字，前一个或指英国前首相温斯顿·丘吉尔（Winston Churchill），后一个或指英国二战时期的陆军元帅伯纳德·蒙哥马利（Bernard Montgomery），其昵称为蒙蒂（Monty）。

是某种绿色的格子背心，材质是最硬的粗花呢，看上去就像某种无比坚硬的东西，可以从树篱后面拖拽出来*而不损伤一针一线。而与它搭配在一起的，总是一件上过蜡的夹克（巴伯尔牌†的）。户外型的女"红裤子"都穿着一看就知道是自己织的裤子，无一例外。其毛线来自某种早已灭绝的哺乳动物的皮毛，这动物已经在她们的祖居墙壁上挂了数百年之久。她们粗野到可以轻而易举地给一只犀牛剥皮。她们穿在身上的每一个单品的颜色之所以这么设计，绝对没有其他目的，只是为了伪装成淤泥，而

---

* 原文为"drag through a hedge backwards"，是一句英文习语，表意指从树篱后面拖拽出来，实指一个人看上去很狼狈。
† Barbour，英国奢侈品牌，得到皇家御用状的风衣品牌。以结实耐久的品质为特色。

材质呢,则坚持使用具有持久性的薄膜。她们的发型很实用,都是自己剪的。她们与塔罗师有那么一个——且仅有这一个共同特征,那就是,衣服上也覆盖着薄薄的一层动物毛发。但是在她们身上,通常都是混合着好几种宠物,还有多种多样的家畜。无论天气如何,无论多么恶臭难闻,都无法阻止她们遛狗,如果狗狗们表现出一丁点儿不愿散步的意思,她们一定会把它们从房子里赶出去。她们热衷于射击,骑马,并且会开开心心地给兔子剥皮、给野鸡拔毛。当她们来到书店时,这些事情也都反映在了她们的文学趣味上。她们昂首挺胸地朝柜台走来,眼里的神情让你想要躲藏起来,她们厉声喊出以下这些词汇:"狗狗""烹饪"或者"打猎"。"狗狗"是指训练猎犬的书。"烹饪"是指"野味烹饪"的专著。"打猎"是指禁猎令颁布之前写就的书。

这类人中的室内型呢,体格通常都更为柔弱,更在意自己的外表,但表现得并不明显。她们的发型是在伦敦做的,因为"你从一英里之外就能发现那迂腐的发型"。她们喜欢赛马,但绝不会靠近任何一匹马。跟户外型的姐妹比起来,她们的衣料远没有那么粗糙。尽管这两种人在个性上差异巨大,但相处得倒算融洽。这没什么其他理由,只因为她们都是"红裤子"。室内型的人永远也不会想要出门遛狗,她们对米特福德姐妹略知一二,当她们步入书店,心不在焉地在里面飘来荡去时,其兴趣只在那一小撮布鲁姆斯伯里公司出版的书籍上(尤其是弗吉尼亚·伍尔夫)。她们会很高兴自己的孙子们读毕翠克丝·波特和海伦·班纳曼[*]的书，而她们自己呢，则"坚持阅读糟糕透顶的大卫·威廉姆斯[†]"。尽管如此，我还是很感激她们，她们送给孩子们的图书礼物虽然不受欢迎，但还是让我的儿童阅读区事业有了缓慢进展。

"红裤子"们既十足殷勤，又彻头彻尾地瞧不起人，这种复合的态度让书店工作人员摸不着头脑。这可能是你在交易中碰到的最难以招架的顾客，他们同时会用抚慰人心的温暖与毫无节制的暴怒填满你的心灵。

---

[*] Helen Bannerman，苏格兰儿童文学作家，最受欢迎的作品为出道作《小黑桑波的故事》。
[†] David Walliams，英国喜剧演员、儿童文学作家。著有《臭臭先生》《了不起的大盗奶奶》《穿裙子的小男子汉》等。

类型三

种：qui in parvam domum moverunt

（简居者）

这种类型的人你在售卖新书的书店里是找不到的，但是他们每天都会出现在二手书店里。这类人会努力说服你，自己那破破烂烂的旧书《汽车读者文摘》价值连城，抑或《米勒古董价格指南1978》是英语文学的里程碑，有着重大的意义。由于在苏格兰的这片区域，房价相对较低，大量人口为套现资产，退休后选择离开房价更高的地方而迁居至此。这就给当地带来了一些问题，比如医疗系统的压力，以及年轻人的住宅缺口。但这同时也带来了好处——我们的图书节相当倚重志愿者，而这些退休者就是庞大的人员储备，他们都有能派上用场的技能。退休的律师和会计师会被迅速一抢而空。在大多数情况下，这种迁居都意味着人们搬到了更小的房子里，因此不得不抛弃一些个人财产。在处理书籍的时候，他们只留下自己最喜欢的书，这没什么好奇怪。但同时这也必然意味着，他们想把自己不要（或不需要）的书都一股脑儿扔给我们。偶尔会有一些有意思的东西进来，但令人惊讶的是，他们如此频繁又乐观地带来像《优秀酒吧指南1988》、散架的《国家地理》杂志、《好消息圣经》、《弗朗西斯·盖伊的友谊之书》或者《人民之友年鉴》这样的书籍，期待这些无论以何种标准衡量都毫无价值的书籍能够换得大笔金钱。

简居者是很容易认出来的，因为他们通常

也会缩小汽车的尺寸,把老款的大众旅行车换成新车,但要小很多。如果你看到一个胡子拉碴的退休老人,从一辆崭新的日产米克拉*后备厢里举起一个装满书籍的香蕉箱朝你走来,懂行的人会告诉你,你将在接下来的三十秒内听到"简居"这个词。简居者既欢欣鼓舞,又颇为悲剧——他们开心,因为他们退休了,拥有时间与金钱,并且移居到了他们热爱的地方;悲剧则是因为,他们要处理掉曾经对他们而言显然无比重要的东西。他们的孩子离开了家,他们——用我妈妈最喜欢的一个短语来说,自从七十五岁之后她就很喜欢这么说——"如今危机四伏",而缩减之后的住宅很可能就是他

---

* Nissan Micra,日产的一款主力微型车。

们离开这个世界前的最后一站。

类型四

种：avarus（吝啬鬼）

又来了，这类人似乎是二手书店独有的一种读者，幸福的新书贩卖者可能不知道其存在。但愿他们能一直如此幸福。

吝啬鬼可不只是小气：他们是极度小气。他们不完全是退休人员，然而，即便是那些落入这一分类中的年轻人，其身上也都有那么点樟脑丸的味道，加上穿着刚刚烫平的法兰绒衬衫，这些特征都可能将他们过早地归入到留胡子的退休人员分类里。二手书交易当中的每一个人肯定都会遇到这样的顾客，认为买两本书就是"大量购买"。对吝啬鬼而言,通货膨胀的概念是难以理解的,哪怕他们明明能够充分认识到,自家房屋的价值自1992年购入以来已经翻了三倍。一本崭新的1726年第三版牛顿的《自然哲学的数学原理》,标价六千英镑,就足以点燃他们的熊熊怒火,因为这本书的原始定价只有一格罗特*。书商要遭受各种各样行为不端的指责,就因为售卖这本"旧书"时要价比原价高,并因此被诽谤为——正如伯纳德·布莱克在《布莱克书店》[†]里完美表达过的一样——"赤裸裸的暴利"。

---

* 英国旧时货币单位。
[†] *Black Books*,英国喜剧电视剧,由迪兰·莫兰编剧并主演。该剧讲述了英国一间普通书店的故事,伯纳德·布莱克是该剧主角的名字。

我有一对顾客就属于这一类型。但不知怎么的，他们总能想方设法避开这一类型里充满冲突的那一面。很显然他们结婚了，因为走进书店的瞬间他们便分头行事，至少在一小时内彼此避开，各自四下搜索。但是当他们来到柜台时，两人都能各自找到至少五本书，而且都是自1970以年来便一直在店的书，这些书的价签到现在也没人去费心更换掉。它们的价格原本应当是每本二十英镑，但——由于我本人懒散成性这一优点，再加上我们店里有十万本书的库存——其标价仍然保持在一英镑。我不知道他们是怎么把这些书给搜罗出来的，但是他们意志明确地这样做了——他们每次来店里时都像是寻找松露的猪——我觉得我该给这两人都提供一个职位才对。他们都是六十多岁，男士的上唇胡须稀薄，乔治·奥威尔在他最不明智的蓄须时期就是这种样子；而女士的胡须则更茂盛，而且——如果我有梳子的话——在她勉强打开暗灰的钱包，搜索所剩无几的硬币来付款时，我发现自己忍不住想要探过柜台，把残留在她胡须中的昨日早餐的碎屑给清理掉。他们从不讨价还价，因为他们心知肚明自己已经找到了便宜货，但这笔交易对我来说仍旧不大愉快，因为我们都知道他们显然才是最大的受益方。

6

属：Viator non tacitus

（不那么沉默的旅人）

蒋彝*，一个 1903 年出生于九江的中国男子，他以"哑行者"为笔名，撰写并绘制了一套非常美丽的书系。其中的第一本是《伦敦画记》(事实上,《湖区画记》先于本书出版，但是伦敦这一本为后来的一系列作品奠定了基准)。蒋彝的魅力基于他观察世界的视角

---

* 蒋彝，字仲雅，又字重哑，笔名"哑行者"。江西九江人，画家、诗人、作家、书法家。由于对中西文化交流做出的杰出贡献，蒋彝被选为英国皇家艺术学会会员，收入《世界名人辞典》。他同时也是美国哥伦比亚大学的终身教授。

非同寻常。他以"积极的好奇心"来诠释每一天：他敏锐地意识到，当我们在缺乏熟悉的文化参照点的情况下，通过一双陌生人的眼睛去观察时，那些哪怕最平凡的举动——从洗衣服到遛狗——都可以充满莫名的魅力。罗伯特·彭斯似乎很有先见之明（他总是很有先见之明），在蒋彝的《爱丁堡画记》（梅休因出版社，1948年）出版前一百六十二年，他就在《致虱子》中写出了下面的文字：

啊，请赐予我们才智的力量吧，

让我们看清自己，如同他人看清我们！

每当蒋彝的书到店里时，我总是好奇他是否读过彭斯，是否注意到上面这首诗的灵感来源。在潮湿的苏格兰教堂里，彭斯坐在一位备受敬重的会众身后，她完全没有注意到自己的头发上滋生了大量虱子。正是这样的经历促成了这首诗。我希望蒋彝读过彭斯，但无论是哪种方式，陌生人的凝视必然有助于照亮我们自身习惯中的陌生之处。蒋彝试图通过安静的观察达成这一目标。你即将遇见的顾客却完全不是这样。蒋彝在经过一个地方时希望不被注意，而这一分类里的人似乎拼尽全力想吸引他人的目光。虽然我不相信这总是他们的刻意而为——事实更有可能恰恰相反，这种举动像一种神经性抽搐——但这种行为真的很叫人恼火。

类型一

种：stridens（吹哨人）

很遗憾，这类人与那位将自己母亲的形象化作不朽油画的艺术家[*]毫无瓜葛，他们是乐于罔顾事实的男人（总是男人），根本不知道自己吹口哨的习惯真的很恼人，尤其是吹得荒腔走板的时候（总是荒腔走板）。他压根意识不到周围的人有多讨厌他。我怀疑这也是书店特有的情况，你鲜少听见人们在火车、超市，或其他什么地方吹口哨。多数时候，这都是一种社交无能的不经意表现，是那些对买书并没

---

[*] 此处指美国著名印象派画家詹姆斯·惠斯勒（James Whistler），Whistler 亦有吹哨人的含义。其代表作《艺术家的母亲》被誉为"维多利亚时代的《蒙娜丽莎》"。

有什么兴趣的人干出的事情。他们在书店里漫无目的地晃悠，而且出于某些理由，认定无论是对自己还是对其他顾客而言，吹口哨都能活跃气氛。这肯定是无意识、神经质的举动，但是——该死的——我真希望他们能住嘴。无论他们认为自己吹的是什么东西，即便是最尖刻的凝视对其演奏也产生不了丝毫影响。有时候你能捕捉到一些偶然连续的音符，并且认为自己能够辨识出吹的是什么曲子，"哦，马勒的《第八交响曲》"，或者"啊，邦德电影的主题曲"，但接下来的一个音符就会证明你猜错了。而后你意识到，这位吹哨人的独奏并没有哪怕一丁点儿的悦耳可言。如果以声音分析为标准，我怀疑吹哨人的情感迸发可能与数学上 π 的概念有着某些相似之处——数字绝不重复。吹哨人那惹人生厌、令人恼怒的音符很可能——不经意地——创造出了某种音乐作品,先锋派的音乐天才约翰·凯奇*有可能会高高兴兴地为此献出自己的一条手臂。

类型二

种:sternuens(吸鼻子的人)

在这本书写到的所有类型里,这一类人我最想要抓住他们的肩膀,狠狠摇晃。我不明白,也压根不想明白,为什么有些人在被感冒折磨

---

* John Cage,美国先锋派古典音乐作曲家,打击乐、机遇音乐、电子音乐的开拓者,被认为是20世纪最有影响力的作曲家之一。他最有名的作品是1952年的《4分33秒》,全曲三个乐章,却没有任何音符。

得死去活来时，会选择每三秒钟吸一次鼻子，却不去擤鼻涕。归在这一分类中的人，穿滑雪衫者数量惊人。我都怀疑他们是不是住在帐篷里，在父母的花园中安营扎寨。他们的兴趣领域五花八门，你极有可能发现他们的鼻涕正缓缓滴落到阿加莎·克里斯蒂的小说内页上，以及托马斯·海耶斯1786年（都柏林）版的《忽视普通咳嗽与感冒后果的严肃说明》上。吸鼻子的人丝毫察觉不到他（再一次，几乎总是男人）那吸溜鼻腔形成的嘈杂节拍器既让人不愉快，又让人暴躁。他会在整个书店里四处漫游，或者站在选定的区域内看书，每三秒钟就吸一下鼻涕。时间过于精确，简直难以解释。这种情形总是诱使人想要以迅雷不及掩耳之势将纸巾塞进他们颤巍巍、黏糊糊的手里，但是，基于之前不怎么愉快的经验,我很清楚这样做徒劳无功。有一次,在从邓弗里斯到卡莱尔的火车上,我主动提出为坐在我身后的男士买一包面巾纸。结果对方却怒气冲冲地瞪了我一眼,似乎在说,我不如说他是近亲繁殖的产物好了。这个嘛,我倒觉得很可能是呢。

类型三

种:susurrans(哼歌人)

若你认为这类人和吹哨人基本一样,倒是完全情有可原,但事实并非如此。二者之间有一些根本性的不同,首要的区别就是哼歌人通常会礼貌性地做出一丝丝努力,让人能听出来他所哼唱的旋律。而吹哨人则会产出一连串能让最复杂的随机数生成器都犯愁的音符。哼歌人为自己的音乐精确性而骄傲。诚然,他们哼唱的曲子通常都挺糟糕的(想想接招合唱团[*],或者克里夫·理查德[†]),但也仍旧是一段能识别出来的旋律。虽然,这并没有让哼歌这一举动不那么招人讨厌。

偶尔会有哼歌人和吹哨人同时出现在书店里,虽然乐天派希望这两股势力有可能相互抵消,但遗憾的是,现实似乎恰恰相反:原本是两股小小的、微弱的恼人音浪,这么一结合,就形成了一股具有听觉恐怖的破坏性海啸。

---

[*] Take That,英国历史上最成功的男子流行演唱组合之一。
[†] Cliff Richard,英国演员、歌手。他是英国流行音乐历史上最受欢迎且演艺生涯最长的艺人之一,有"英国猫王"和"金童子"的美称。

类型四

种：crepans（放屁者）

这类人能做到悄然无声，通常都非常安静。不过呢，从某种意义上来说，一个出声的放屁者反而要略微高尚一点。他们至少有勇气面对自己结肠的罪证。放屁者通常都礼貌地在店里找到一处静谧无人的角落，在那里进行自己恶臭的行径。但是偶尔——是出于必须还是我所不了解的恶意——他们会在柜台释放。我经常在穿过书店将书放到书架上时，迎面遭遇一股某人新鲜排出的有害废气。通常情况下锁定罪犯是相当容易的，但也不总是如此。如果你看到有人匆匆忙忙地疾步逃开，那你绝对有理由相信他们就是嫌疑人。

我之前从格文附近的某栋房子里收来了一批书，最近，当我在柜台后面评估这批书的价值时，突然注意到空气里出现了一丝明显的含硫气味。店里除我之外只有一个人，是个身穿浅褐色宽松裤的老人，裤腰提到胸下，脚上穿着一双卡骆驰*。他正缓慢地从我身边走开，脸上挂着和善的微笑。我们俩都很清楚他就是肇事者，但是看他笑容灿烂的样子，我猜他肯定满心骄傲，而非假装自责。我有点想为他的厚颜无耻而向他致敬。

---

* Crocs，知名休闲鞋品牌，最具代表性的经典洞洞鞋一经推出就获得全球追捧。

类型五

种：reprobans（咂嘴的人）

在本书所描述的所有类型中,最不受欢迎的或许就是咂嘴的人。当你发现其他任一类型的人——除了其他明显的缺点以外——同时还是个喜欢发出啧啧声的人,那么你对他们的厌恶之情基本就要翻倍了。咂嘴的人从出子宫起就带着反对和责难的迫切气息。若是他们从出生起就有能力说话,那么毫无疑问,他们绝对会跟产科医生、护士、助产士以及医院清洁工发生口角。而且很可能同建筑师和建筑工人也吵一吵。对咂嘴之人而言,没有一样东西是足够好的。他们通过几乎持续不断的摇头和表示反对的啧啧声来表达他们的不满。这就好像是求偶的呼唤，但这种生物发出的呼唤绝对没有任何一个头脑健全的生物希望与之匹配。也像某类专家，总是在积极寻找着让自己失望的事物。他们对告诉朋友（这种人的朋友也全都是咂嘴的家伙）哪里有好的服务、美味的饭菜和干净的厕所这类事毫无兴趣。他们感兴趣的话题恰恰相反。如果没有一连串的事情可抱怨，咂嘴的人便无话可谈。我愿意这么想，我可以在我的书店里为咂嘴的人提供这样一种服务，无论他们在找什么书我都告诉他们我们没有（哪怕我们有），或者成心无视他们的求助，直到他们怒气冲冲地大声喊出第三次"不好意思！"，声音响亮到连街对面都能听见。价格也为咂嘴之人提供了充足的素材。每样东西——无论多便宜——都是"索价过高"。从政治上来讲,呸嘴之人是保守党,并且坚信《每日邮报》有点过于偏左了。

无论你做任何事情,呸嘴之人都是不可能满意的,只有让他们失望才合他们的意。不仅仅因为这么做特别容易,也因为它能带来巨大的乐趣。在极少数情况下,这类人会带书到店里售卖(他们通常都不是博览群书的人),但他们总是拒绝你的出价——无论你给得多么慷慨——嘴里怒气冲冲地抱怨"我宁愿把它们给慈善商店也不会接受这种出价",同时冲出书店。简而言之,这就是最典型的呸嘴之人:这种人坚信全世界都密谋着与自己作对,他们宁愿接受自己基本毫无价值的杰弗里·阿切尔*

---

* Jeffrey Archer,英国政治家、作家。在宣告破产后辞去国会议员职务,成了畅销书作家。

作品集一分钱不赚,也不愿接受你提供给他们的二十英镑,这还是你出于某种不该有的怜悯心才出的价。

7

属：
Parentum historiae studiosus
(家族历史学家)

我坚定不移地认为,由于我们都是某一共同祖先的后裔,因此家族历史真的没那么有意思,或者说没那么重要。就算你的曾祖父曾在伊珀尔*被流弹射中过屁股那又怎么样呢?他要是发现了治疗外耳氏病的方法,或者找出了费马大定理的解决之道,那历史一定会确保他获得应有的地位。事实的真相是,我们当中的大多数人过着相当平凡的一生,想象你的祖先

---

* 比利时西北部城镇,靠近法国边界,在西佛兰德斯省内,是第一次世界大战中几场最激烈战斗的战场。

做过了不起的事情固然挺美好，但他们可能真的没做过。拥有家谱（family tree）真的没什么可自豪的，亲手栽种下一棵树恐怕还更值得骄傲些。

根据我在书店里累积的大量经验，研究家族历史的人之所以这么做都是为了表明某种观点，而这种观点通常都非常狭隘。毕竟十代人就是三百年。在这三个世纪的时间里，有些人曾与男管家或女仆私通。无论你有多相信自己的纯正血统，但就是有人曾扰乱过你的家族基因库。

类型一

种：homines mundi novi（美国人）

尽管恼人的真相是，四代人以前，他们的祖先就已从苏格兰农村移民过去了，但这些人仍旧坚定地认为自己像苏格兰人。更有甚者，直接就自认为苏格兰人。他们造访书店时总是专横跋扈——"你们关于苏格兰（插入任意苏格兰人名）家族方面的书都放在哪儿？"——就好像有上千本书都是为他们家族所写似的。他们的祖先在圣基尔达岛，或者其他苏格兰偏远的露头上，依靠地下埋藏的腐烂鲱鸟尸体存活下来，就这样，使得基因有所缺陷的一代代人生生不息。并不是说这种历史没什么迷人之处——我略微潜心研究了一番能在那种带刺的岩石上生存下来的人，这种岩石仿佛是被残酷的女神扔进了大西洋中间，没有其他目的，只是为了折磨这里的居民。但是，如果这是我自己家族史的一部分，我猜我肯定会迅速扎根新的土壤，而不是牢牢依附在过去的贫瘠土地上。

这类顾客中的绝大多数并非来自圣基尔达岛，不过，他们却是被剥夺了权利的家族的后代，其家族在高地肃清*后被迫飘洋过海，其中既有高地的居民也有低地的居民（我的朋友安德鲁·卡塞尔为备受忽视的后者撰写了一本杰出的著作）。我百分百肯定，他们真正在寻

---

* 高地肃清（Highland Clearances）指 18 世纪末至 19 世纪初苏格兰高地佃农的土地被领主收回的事件，这次事件导致大量佃农背井离乡，向北美和其他地方迁移。

找的是某种证据,以证明他们是氏族领袖,生来就拥有阿盖尔郡某处潮湿的废墟。然而事实再明白不过,他们的曾曾曾祖父在宗族当中的地位并不是什么地主,倒更可能是地主家的耙粪工。尽管如此,对这片生养了自己五代以前的某位先祖的土地,他们竟然还能有如此深厚的情感联结,这点还是很令人感动的。这片土地的所有者如此不堪地对待了他们的先人,以至于他们选择放弃坚守自己熟悉的土地,踏上横渡大西洋、进入一个未知世界的艰苦旅程。

类型二

种:没有类型二

经过今晚在浴缸中的一番深思熟虑,我意

识到，除了美国人之外，没有谁真的那么在意自己的家族史。我并不能确定这其中的原因。澳大利亚人和新西兰人偶尔也会有一些这方面的模糊需求，但总的来说，还是美国顾客更沉溺于此。我并不真的明白这是为什么。并不是说，好像拥有一个美国人的身份就有什么不对劲，虽然在那样一个移民大陆，或许唯一能让自己区别于他人的方式就是依附于你已经离开的那片土地，即便那已经是几代人之前的事了。作为一个拥有爱尔兰母亲和英格兰父亲的人，我觉得自己有点像无国籍者。或许也因此，我对自己的出生地苏格兰的认同感要比普通人更加强烈。在面对"你从哪里来"这个问题时，用一个词可比拉拉杂杂（且枯燥乏味）地开始解释自己的族谱要简单得多。如果每个人在被问到这个问题时都可以用以下这个答案回答,事情也许就会简单得多,这个答案就是:东非大裂谷。

额外附赠

很显然，比起我，林奈对分类更有把握，毕竟我的分类显然失败了。我本打算把这一属塞到前面提到过的属里，但是——正如我安排自己的生意时手忙脚乱、应接不暇——一个完全可以预见会破坏整个结构的元素悄然匍匐进来了，现在我不得不把这最后这一章硬塞进来，用再明显不过的欺骗口吻称它为"额外附赠"。或许我们应该管这本书叫《书店里的八种人》，但现在为时晚矣——新闻稿已经发出去了——所以下文都是胡说八道，希望你们能纵容我，我在此诚意致歉。

8

属：Operarii

（员工）

在本书所涵盖的所有类型中,唯一一类你可以拍胸脯保证始终在店的就是员工。他们是接口,是前线,是行业的步兵,也因此吃尽苦头。员工中的每个人都有自己的兴趣爱好,在相关领域中,他们掌握了超出平均水准的知识量。但是顾客往往期待你同他们懂得一样多,毕竟你在书店工作。比如说,威廉·梅克比斯·萨克雷*的生平。对一个在水石书店兼职的十八

---

* William Makepeace Thackeray,英国作家,代表作为《名利场》。

岁医学生，你没理由期待她了解萨克雷那患有抑郁症的妻子的事迹。她企图在安格尔西岛和邓莱里之间的摆渡船上跳船自尽，结果却功亏一篑。因为她的圈环裙像气球一样让她漂浮在爱尔兰海中，然后轮船掉过头来救了她。尽管如此，萨克雷专家还是非常乐于道破兼职学生的无知，尽管他们了解的东西要比她少得多，比如说，他们就不了解胰岛的内分泌功能问题。

我在陈述这一点时应当指出，这一分类中的前三种类型主要在只卖新书的书店里才能发现。不幸的是，二手书的世界被运营个体生意的人广泛占据，他们无力负担员工薪水，仅有一小撮是例外。学生雨果恐怕是这一规则中唯一的例外，他像罗得岛的太阳神巨像*一样横跨业务的"两岸"。不过，谢天谢地的是，（大多数情况下）他既没有裸体，也从不往爱琴海里撒尿。

类型一

种：discipulus hugo（学生雨果）

学生雨果是书店老板的爸爸的姨妈的表亲（或者别的什么关系），正在读大学最后一学期。显然，他所在的家族分支比书店老板这一支发展得要好，而且要好得多。但是他们当中的一

---

* 太阳神赫利俄斯的青铜像，曾经矗立在希腊罗得岛的罗得港港口，是古代世界七大奇观之一。在公元前226年的一次地震中被毁。

些施虐狂（某个感到厌倦的家长或者怀恨在心的教母）认定，花上一个暑假在书店打工，能够教给年轻的雨果珍贵的一课。但这堂课很可能只会教给他：在书店工作是个糟糕透顶的主意。书店老板这边的家人没有人知道雨果到底是谁，但他们之间就是有着血缘关系。在见到他时，书店老板也必然无意去发现这种关联。学生雨果总是咧开嘴笑，他以为图卢兹·罗特列克*是个法国的橄榄球俱乐部，并且是个"红裤子"的长子。在书店里逗留六个月后（在此期间他没有赢得任何一个店员的喜爱，而且证明自己帮不上哪怕一位顾客的忙），他就会在

---

* Henri de Toulouse-Lautrec，后印象派画家，被称作"蒙马特之魂"。出身法国贵族家庭，自幼身有残疾，因而发育不全，三十七岁英年早逝。

伦敦劳埃德保险公司里平步青云，这完全得归功于那位了不起的斯潘基姨妈（真名是安妮），她拥有极大的影响力。一旦到了那里，他就将在余下的工作生涯中懒懒散散地用别人的钱来做出不像话的财务决策，并因此获得丰厚回报。他大学毕业论文的课题是松鸡研究，这是听了庞果叔叔建议（真名是鲁珀特）的结果。他告诉雨果，学习这门课不仅花费的时间最少，而且碰巧的是，这也是需要 A 等成绩最少的一门课。除了以上这些，学生雨果是个和蔼可亲的人：友善，也很大方。如果你想听有关他的最准确描述，那么最佳方式就是收听马库斯·布里斯托克的优秀广播剧《贾尔斯·温布莱 – 霍格的历险》（*Giles Wemmbley-Hogg Goes Off*）。

类型二

种：discipula maria（学生玛丽）

学生玛丽也是大学假期来书店工作的，不同之处在于她是为了赚钱而来，并且热爱文学。和学生雨果不一样，她能够回答几乎所有顾客提出的问题。学生玛丽对书面文字的热情让她昏头，开始攻读文学硕士学位，专注于像"男性的死亡对 1929 至 1936 年间福克纳作品中女性角色的影响"之类的研究课题。这确保了她的学术能力永远也无法转变为有利可图的职业。学生雨果的头脑不会产生哪怕如最稀薄的卷层云般的个人见解，因此他也没有能力对失败（尽管这种失败证据确凿）的概念进行思考；而学生玛丽则是一团自我怀疑的浓雾，缺乏自信。结果，尽管学生玛丽在智力上更胜一筹，却总是小心翼翼地躲藏在学生雨果的阴影里，一天到晚待在书店后面的房间，给一箱箱书籍整理分类，哪里有可能碰到客人她就避开哪里。与此同时，学生雨果则在书店前面，就达特穆尔松鸡种群的灭绝问题跟被困住的顾客叨叨个没完。虽然如此害羞，学生玛丽也并非一点忙都帮不上，但是，只有在顾客再三询问时，她才会分享自己的知识，而且即便如此，也还是带着谦恭的窘迫。

类型三

种：stultus cum barba（潮人）

这些令人憎恶的生物只有一种可取之处，

那就是，他们相信书很酷。同样地，他们还相信黑胶唱片、粗花呢服装和胡须很酷。当然了，这些东西确实很酷，但那是因为它们一直都是如此，而不是因为它们成了一种伪书呆子式反主流文化制服中的基本款。我不太甘愿把潮人和其他类型归为一类，因为他们几乎在每一个方面都让人相当火大。他们随波逐流，为了让自己看起来像个与众不同的怪咖，他们甚至不惜打扮成哥特人的样子。在书店外的世界，很容易认出他们来，因为你常常能看到他们在一间咖啡馆里读波德莱尔（一本破破烂烂的二手平装书给人一种错觉，好像他们是一文不名的知识分子，正在重读这本书）。他们戴着的20世纪70年代的NHS眼镜，是在卡姆登的市场货摊上花了两百英镑从某个家伙手里买来的。

那人告诉他们,这是汤姆·莱勒 1967 年在哥本哈根现场演出《元素》时戴过的眼镜。但是潮人从不翻页,因为他们并没有真的在看这本书。更像是,怎么说呢——和他们的胡须、眼镜、烟斗一样——他们需要人们看见,这些物件与自己同在。

在"作案"的书店里,潮人正对着学生玛丽——他们在那里是为了显得醒目,装出一副冷漠又不愿意帮忙的样子,假兮兮的忧郁眼神越过打开的书籍,凝视着不远处;与此同时,轻抚胡须。任何打扰这一重要工作的举动都会让他们火冒三丈。若是有顾客打扰了这一套流程,得到的将会是四秒钟的停顿。紧接着,他们会缓慢地扭过(偏过)头来,越过汤姆·莱勒的眼镜上缘,流露出一丝讥笑,傲慢地回答:

"嗯？"这一切都是设计好的，目的就是为了让那个顾客不安。他会马上道歉，留潮人向其投去最后的否定一瞥，理由是这位顾客在过去十年内的某一刻可能吃了肉。

类型四

种：venditor librorum antiquorum

（二手书商）

年迈、衰弱、常常喝醉或宿醉，二手书商都是自己给自己打工，没别的原因，只因为别无选择。像这样如此缺乏最基本的社交技巧的群族，没有一个头脑正常的人会给他们提供工作，就连一个尼安德特人的弃儿在他们的映衬下也会宛如了不起的盖茨比。他们与潮人有一些共同点，但多为碰巧，而非有意设计。他们穿粗花呢（不是因为这样时尚，而是因为保暖），抽烟斗（不是因为这样时尚，而是因为他们是名副其实的烟民），热爱真正的书籍（不是因为这样时尚，而是因为他们不上网），对自己的客人流露出彻头彻尾的轻蔑（不是因为这样时尚，而是因为那是年复一年做这桩生意的必然结果）。二手书商已经在这桩生意里摸爬滚打太久，以至于已经记不清自己是怎样涉足其中的了。或许这是他们的第一份工作，回溯过去的日子，那时售卖旧书还能过上体面的生活，很快他们就习惯于环境中缭绕的灰尘，和善年迈的雇主也让他们感到舒适，当其提出将生意转给他们时，他们便欣然抓住了这个机会。没有人真的知道到底是怎么回事。已故的苏·汤森在她超棒的《阿德里安·莫尔：被悲伤压倒的岁月》一书中就描述了这样一个角色，伯纳德·霍普金斯（尽管他是一名员工，而不是善良的书店老板卡尔顿·海耶斯）：

> 伯纳德·霍普金斯是生活悲惨的书店店员。如果他在水石书店申请一份工作，他的名字就会在他们的电脑网络上触发警报。伯德斯一度在员工休息室里贴过他的照片，上面醒目地写着："不要雇用这个男人。"但既然是做古书工作，他接触不到任何人。他心怀崇敬地处理那些古书，不会将它们卖给粗心疏忽的客人——有点像猫咪保护组织里的那些女人，在她们准许你带猫回家之前，你得先拿到照顾猫的

专业学位才行。

伯纳德·霍普金斯几乎像是我见过的每一个二手书商的混合体,他在应对购书群体时的沉默并非故意装酷。若真有这种愿望,那他永远也不会成为一名二手书商。更准确地说,他的这种表现只是因为厌世。曾经,他热心回答顾客的提问,但是四十年来,每一天、每一周都被问着同样的问题,已然使他沦落为如今这样精神受损、好斗敏感之人。其中,最常被问到的十二个问题是:

1. 你们有免费的书吗?
2. 你们一共有多少书?
3. 这些书你们全都读过吗?

4. 你能推荐一本书给我妻子吗？（可以，福楼拜的《包法利夫人》或者 D. H. 劳伦斯的《查泰莱夫人的情人》。）

5. 你能为我的丈夫推荐一本书吗？（可以，《恋情的终结》，格雷厄姆·格林写的。）

6. 店里最古老的书是哪一本？

7. 店里最贵的书是哪一本？

8. 这本书为什么卖六英镑，它最早出版的时候明明只要两先令。

9. 这本旧书你真的要卖三英镑吗？

10. 如果我买两本书，能不能有批发价？

11. 我能把狗带进来吗？它很友善的。（狗狗不是马上在地板上小便就是开始狂吠不止。）

12. 你想买这些书吗？（当即推过来一只装满《休息一下》系列旧杂志的冰岛包，几乎能把你击倒。)

类型五

种：dominus（经理）

穿着利落，干净、守时、热心，拥有令人费解的信念，坚信顾客永远是正确的，经理在二手书店里真的没有位置。或许这就是为什么你们只能在售卖新书的书店里见过他们，而且即便如此，也主要是在连锁书店里。关于书店经理的这种彬彬有礼，我能想到的唯一反例来自一个朋友讲给我的故事。在她还是学生时，曾在爱丁堡一家很有名的书店工作。作为店里的基层员工，她当时正忙着将圣诞橱窗的展示品组合到一起，结果一位老妇人把她从工作岗位上拽开。她穿着套装毛衣、佩戴珍珠饰品，举止矫揉造作，要找一本绝版的《基督山伯爵》译本。朋友努力解释了二十分钟，这本书已经不再作为新书上架，所以她不可能找到这本书，自己很忙，还有其他员工可以帮她。可是这位顾客还是傲慢地要求她找到这本书。朋友原本拥有难以置信的坚忍耐力，此刻却崩断了，她对这位年迈的顾客嚷嚷道："哦，你为什么不他妈的滚蛋！"受到惊吓的顾客要求见经理，于是气到发抖的朋友带她去了顶楼的经理办公室，并做好了最坏打算。当电梯门打开后，她紧张地看着经理——后来她才知道——正在处理一些错过的订单和缺勤员工的事情，情绪并不怎么样。她介绍了一下这个老妇人，然后带着几乎肯定会从这家店走人的打算告诉经理,老妇人有话要跟他讲。这位穿着套装毛衣、佩戴珍珠饰品的女士站直了身子,说道:"这个小姑娘,你们的员工,刚刚让我他妈的滚蛋。"据我的朋友说,经理心烦意乱地看了看她,然后对那位老妇人说——语气礼貌得无可挑剔——"那你为什么还没他妈的滚蛋?"

增补

属: Cliens perfectus

(完美顾客)

很遗憾，如今，完美顾客几乎已经成了遥远的回忆——对于这类人而言，在二手书店里度过一整天是相当值得的。他们懂得，支付一磅纸的价格，便可以忘我地进入到一个想象力的世界，它们属于亨利·赖德·哈格德*、乔治·艾略特[†]或者简·奥斯汀——是

---

* Henry Rider Haggard，英国作家，以写非洲的冒险故事闻名，代表作为《所罗门王的宝藏》《她》等。
† George Eliot，英国作家。19世纪英语文学最有影响力的小说家之一，代表作为《米德尔马契》。

用天才的头脑所创造出的世界。他们可以连续一周浸涵其中，忘却烦恼，而所要支付的不过是一杯咖啡的价格。如今，这样的顾客几近消失，被亚马逊一代所取代，对他们而言这样的追求不值得兴奋，这一磅纸的价值也就是一便士。

在我买下这间书店时，前店主告诉我一切都是轮回：在我接手这家书店的二十年前，有些贪婪的收藏者，他们收集最知名的同代作家的初版书——J. B. 普里斯特利[*]、萧伯纳、简·普莱蒂[†]、阿诺德·本涅特[‡]。他向我保证，这些人

---

[*] J. B. Priestley，英国作家、剧作家，出版小说二十七部，其中以《好伴旅》最富盛名。
[†] Jean Plaidy，英国作家，主要写作历史小说、浪漫小说等。
[‡] Arnold Bennett，英国小说家，代表作为《平凡人和他的妻子》等。

就是他的完美顾客。但他提醒我，在他经营书店的这段时期内，这类顾客的数量已经逐渐减少，有些书他原以为二十英镑就能轻轻松松卖出去，如今却落满灰尘、无人问津，价格已经降到了四英镑。但，世事轮回就意味着，随着一代人的消逝，另一代人（但愿如此）必将取而代之。总有一些作家在反抗自身所处时代的局限：巴肯、史蒂文森、伊恩·弗莱明，甚至亨利·赖德·哈格德，他们的书似乎仍卖得很好。我们很难知晓，在现当代文学的这些伟大姓名中，谁将慢慢淡出收藏者的视野，谁又将承受住时间的考验。当然了，所有这些作家的稀有版本仍旧对收藏者极具吸引力，但是那样的收藏者正变得越来越少，离我们越来越远。在接下来两百年的时间里,希拉里·曼特尔*、伊恩·麦克尤恩、朱利安·巴恩斯以及其他我们这个时代的巨人,是会晋升为不朽的文豪,还是被彻底遗忘呢?我们不可能知道时间会对我们每个人做出怎样慷慨的评判。J. K. 罗琳或者玛格丽特·阿特伍德会成为我们这个时代的简·奥斯汀吗,抑或最终成为一段文学旅程的注脚?唐娜·塔特[†]非同一般的史诗小说能像托尔斯泰、荷马或者哈代一样被人怀着崇敬之情阅读吗?谁又知道,透过一个世纪以后的读者眼睛再看,阿

---

* Hilary Mantel,英国作家,2009 年凭借小说《狼厅》获得英国布克文学奖,2012 年凭借其续集《提堂》再次获奖,是首位两次获得该奖的英国作家。
† Donna Tartt,美国当代著名作家,其代表作《金翅雀》曾获普利策奖。

兰·本奈特[*]明察秋毫的社会观察天才是否仍旧有意义呢?

类型一

种：homo qui libros litterarios colligit（小说收集者）

多年以来，有太多小说付梓出版。我们库存的小说数量不多，大概只有两千本左右，不过是沧海一粟，因此鲜少有小说收集者在寻找的书。不过，一旦我们有，他们的快乐便肉眼可见。大多数情况下，那都是他们花了多年时

---

[*] Alan Bennett，英国剧作家、导演、演员，曾凭《疯狂的乔治王》获奥斯卡最佳改编剧本提名，其他著名的作品包括《历史系男生》《货车里的女人》等。

间穷追不舍的一本书。他们一般都不使用网络搜索引擎,并且有着过去一代顾客那种坚定不移的决心,对他们而言,网络压根不在选择范围内。他们要找的书通常要么是非常稀有,要么就是限定版本,并且在价格上从来无所谓"协商"。

类型二

种:homo qui libros de via ferrata colligit

(铁路系统收集者)

像其他人一样,我在之前的书里已经歌颂过这类人的存在。铁路系统收集者是和其他类型不太一样的人群,他们的穿衣风格有多无聊,他们的激情就有多火热。对他们而言,有关伦敦东北铁路蒸汽火车这一主题的一切文字,或者是值得收藏的伦敦、布赖顿和南方海岸线上的维多利亚时代的火车名牌,就是文学的圣杯。如果你有他们找的书,他们一定不会亏待你。

类型三

种:homines normales(普通人)

这是相当稀缺的一个类型,把他们归类为普通人似乎有点不恰当。他们并不总是知道自己究竟在找什么书,也因此很容易沦落为浪费时间的人,带着语焉不详的好奇心,让人避之不及。可是他们的不同之处在于,他们大概知道要为自己找点什么,但同时又足够开明,不在脑袋里设置特定的主题。他们离开书店的时候总是有所收获。他们最为讨人喜欢的品质就是——就像其他完美顾客一样——你要价多少,他们就心满意足地付多少,不会逼着你就书价陷入一场相互羞辱的公开争执中。

类型四

种:de scientia scripta fanaticus

(科幻迷)

我怀疑,是否有任何一个书商有可能告诉你,他们对科幻迷有纯粹的爱。同样的话也可以用于图像小说收集者。有一些文学巨擘对前一类题材有所贡献:多丽丝·莱辛、J.G.巴拉德[*]、H. G. 威尔斯、玛丽·雪莱、伊恩·M. 班克斯[†]、厄休拉·勒古恩、乔治·奥威尔、阿道斯·赫胥黎和 P. D. 詹姆斯都曾做过尝试,还有道格拉斯·亚当斯[‡],这里列举的还只是一小部分。在我十几岁时,我深深痴迷于哈里·哈里森的《不锈钢老鼠》系列和库尔特·冯内古特的《猫的摇篮》。在《猫的摇篮》中,"九号冰"是政府大批量生产的化学武器,将触碰到它的每个人(每样物品)都变成冰。此时此刻,在我写下这些文字时,我觉得这个故事具有诡

---

[*] J. G. Ballard,英国科幻小说作家,有"科幻小说之王"的美誉。代表作品有《摩天楼》《撞车》等。

[†] Iain M.Banks,英国作家,以出道作品《捕蜂器》一举成名,其后开始涉足科幻小说领域,创作了一系列以"文明"宇宙为背景的太空歌剧小说,反响巨大。

[‡] Douglas Adams,英国科幻小说作家,代表作有《银河系搭车客指南》系列等。

异的预言性——新冠病毒已经让整个星球几乎停摆。

多年来,我购入了一些科幻藏书,只要这些书到店的消息一传开,马上就会被一抢而空。收藏者们彼此相识,一旦我告诉其中一个人我搞到了一些藏书,他们就会成群结队地陆续涌入书店。除了阿西莫夫和布拉德伯里的买家,这一类型中同样还包括了插画家收藏者。平装本科幻书(大多数科幻书的第一版都是平装)往往有着异常惊世骇俗且时髦的手绘封面。我猜插画家在纸上落笔前,出版商肯定让他至少连续服用了一周的 LSD*,以保持兴奋致幻的状态。就算不是所有的插画家都这么干,那也肯

---

* 一种半人工致幻剂和精神兴奋剂。

定是大多数。

　　你一眼就能辨别出科幻迷来。要说他们不合群，那是对他们的巨大伤害。他们能够适应人群，但自始至终只想用自己的方式来合群，并且待在属于自己的舒适社交圈里。他们是一个宗族，可以像"红裤子"一样结为一体。作为一个书商，科幻迷所带来的乐趣在于他们从不失望。假如你的库存里有菲利普·K.迪克的书，或者任何由约瑟夫·穆尼亚伊尼绘制封面的书籍，他们就会喜出望外。当然了，他们也有统一着装，通常包括一件T恤（黑色），上面有着《星球大战》或《神秘博士》的复古设计，而鞋子（运动鞋）则必须是白色的。可爱的是，科幻迷从不单独行动：他们总是结伴而来，通常都是一对愉快的——如果你非要说讨厌也行——热恋情侣,并且总是穿着情侣衫。他们设法以某种方式完成了看似不可能的壮举,那就是跟潮人相比,他们同时做到了不那么酷但又更酷。

图像小说爱好者的衣服与之类似,虽然颜色没有那么黑。图像小说近几年来从文学批评的阴沟中挣扎而出,如今终于可以理所应当地、惊奇地仰望星空。尼克·德纳索的《消失的塞布丽娜》入选了 2018 年的布克奖名单,阿尔特·斯皮格尔曼的《鼠族》和尼尔·盖曼的《睡魔》应当作为杰出的文学作品获得平等的赏识(如果不是更高一筹的话)。图像小说粉丝和科幻迷在外表上很相似,但态度更加真诚。我买书的时候很少遇到图像小说,但只要遇到了,通常都会发现它们数量庞大。当图像小说的买家到店里来找书时，其买书的数量也同样庞大。

*

如果没有爱书人，我就没有生意可做，因此我应当以一份致歉来结束本书，并且要用比自己的语言更为清晰明确的文字来阐述。罗伊·哈利·刘易斯是这样给他的《古书》收尾的：

> 其他事物的狂热爱好者，似乎都被一种十字军精神所点燃，无论他们在宣传的是宗教、政治，还是体育运动。但是古书爱好者却感到自己与其他的藏书家有着共同之处。十字军战士不可避免地会极度惹

人气恼,所以还是忘掉他们的宣传话语吧。我所说的甚至不是所谓的"软性推销",而是一会儿措辞严谨,一会儿又面红耳赤地和你分享的那种东拉西扯。只有一个更加关心古书的大众群体才能刺激这项事业的发展,若真能如此的话,夫复何求。

图书在版编目（CIP）数据

书店里的七种人 /（英）肖恩·白塞尔著；姚瑶译 . — 北京：北京联合出版公司，2021.9
ISBN 978-7-5596-5393-2

Ⅰ.①书… Ⅱ.①肖… ②姚… Ⅲ.①随笔－作品集－英国－现代 Ⅳ.① I561.65

中国版本图书馆 CIP 数据核字 (2021) 第 123178 号

书店里的七种人

作　者：［英］肖恩·白塞尔
译　者：姚　瑶
出 品 人：赵红仕
策划机构：明　室
责任编辑：管　文
特约编辑：赵　磊
装帧设计：山川制本 workshop

北京联合出版公司出版
（北京市西城区德外大街 83 号楼 9 层　100088）
北京联合天畅文化传播公司发行
北京市十月印刷有限公司印刷　新华书店经销
字数 63 千字　787 毫米 ×1092 毫米　1/32　6.5 印张
2021 年 9 月第 1 版　2021 年 9 月第 1 次印刷
ISBN 978-7-5596-5393-2
定价：49.80 元

版权所有，侵权必究
未经许可，不得以任何方式复制或抄袭本书部分或全部内容
本书若有质量问题，请与本公司图书销售中心联系调换。
电话：(010) 64258472-800

SEVEN KINDS OF PEOPLE YOU FIND IN BOOKSHOPS

by Shaun Bythell

Copyright © 2020 by Shaun Bythell

Copyright licensed by Profile Books Limited

arranged with Andrew Nurnberg Associates International Limited

Simplified Chinese edition copyright

© 2021 Shanghai Lucidabooks Co., Ltd.

All rights reserved